Anatomia de um excluído

Anatomia de um excluído

Andrea Portes

Tradução
Alda Lima

1ª edição

— **Galera** —
RIO DE JANEIRO
2017

CIP-BRASIL. CATALOGAÇÃO NA PUBLICAÇÃO
SINDICATO NACIONAL DOS EDITORES DE LIVROS, RJ

P879a
Portes, Andrea
Anatomia de um excluído / Andrea Portes; tradução
Alda Lima. – 1ª ed. – Rio de Janeiro: Galera Record, 2017.

Tradução de: Anatomy of a misfit
ISBN 978-85-01-10810-4

1. Ficção americana. I. Lima, Alda. II. Título.

16-35571

CDD: 813
CDU: 821.111(73)-3

Título original:
Anatomy of a Misfit

Copyright © 2014 by Andrea Portes

Publicado mediante acordo com *HaperCollins Children's Books*, um selo da HarperCollins Publishers.

Todos os direitos reservados.
Proibida a reprodução, no todo ou em parte, através de quaisquer meios.
Os direitos morais do autor foram assegurados.

Texto revisado segundo o novo Acordo Ortográfico da Língua Portuguesa.

Direitos exclusivos de publicação em língua portuguesa somente para o Brasil adquiridos pela
EDITORA RECORD LTDA.
Rua Argentina, 171 – Rio de Janeiro, RJ – 20921-380 – Tel.: (21) 2585-2000, que se reserva a propriedade literária desta tradução.

Impresso no Brasil

ISBN 978-85-01-10810-4

Seja um leitor preferencial Record.
Cadastre-se em www.record.com.br e receba informações sobre nossos lançamentos e nossas promoções.

Atendimento e venda direta ao leitor:
mdireto@record.com.br ou (21) 2585-2002.

Para Dylan

Anatomia de um excluído é um romance baseado no meu nono ano do ensino fundamental. Escrevi esta história porque eu queria poder voltar no tempo e passar a mensagem a mim mesma.

um

Pedalando rápido, rápido, rápido, este é o momento. Um daqueles momentos de filme que você nunca acha que vai acontecer com você, mas que, de repente, acontece com você, e agora o momento chegou.

Pedalando rápido, rápido, rápido, esta é minha única chance de impedir. Este é o instante em que parece que tudo vai dar horrivelmente errado e que não há esperança, mas, de repente, como num filme, existe esperança no fim das contas e uma surpresa que muda tudo, e todos dão um suspiro de alívio e vão para casa, sentindo-se bem consigo mesmos, e talvez peguem no sono no carro.

Pedalando rápido, rápido, rápido, este é o momento, este é o momento do qual vou lembrar pelo resto das minhas noites e dias e quando ficar encarando o teto. Subindo aquela colina e descendo a seguinte, em meio àquelas árvores e além da escola.

Pedalando rápido, rápido, rápido, este é o momento, quando eu chego lá, você pode ver as luzes ficando azuis, vermelhas, brancas, azuis, vermelhas, brancas, azuis, vermelhas, brancas, pequenos círculos retalhados como os que saem de uma sirene, e você acha que é capaz de impedir, mas é claro que você não é, como pôde um dia pensar que seria?

Pedalando rápido, rápido, rápido, este é o momento...

Este é o momento, e é tarde demais.

dois

Você nunca vai acreditar no que aconteceu. Ok, vamos começar do começo.

O pai de Logan McDonough comprou uma lambreta para ele. Essa foi a primeira coisa.

Digamos que Logan tivesse aparecido logo cedo, primeiro dia de aula, nono ano, na Pound High School, Lincoln, Nebraska, jamais tendo pisado aqui antes, em sua lambreta preta, com sua roupa preta estilo mod, e seu corte de cabelo preto estilo mod. Ele teria sido um sucesso. Até mesmo Becky Vilhauer, também conhecida como a menina mais popular da escola, também conhecida como Darth Vader, teria suspirado.

Mas ele havia estudado aqui antes, no nono ano. Quando ele era um nerd.

Então dá para ver como suas ações foram totalmente ilegais.

Você não pode simplesmente decidir, em algum momento entre maio e agosto, que vai mudar toda a sua identidade e saltar de geek para cool, cortar o cabelo muito preto, apertar seu jeans muito preto, perder nove quilos e dirigir uma Vespa. De jeito nenhum. Isso é totalmente contra as regras, e todo mundo sabe.

Audácia! Becky Vilhauer não ia aceitar. Eu sei porque ela estava bem ao meu lado quando ele parou a Vespa na frente da escola, e você devia ter visto o queixo dela caindo. Ela ficou *irada*.

Se você está se perguntando o que eu estava fazendo ali ao lado de Becky, também conhecida como lado negro da força, é porque sou a número três da hierarquia por aqui. Não tenho esperanças de subir de posto e vou explicar por que mais tarde. Mas em terceiro é onde sempre estarei e, como sou constantemente lembrada, tenho sorte por ocupar esta posição.

Entre a primeira e terceira está Shelli Schroeder. Número dois. Ela é minha melhor amiga, mesmo sendo meio piranha. Ela me contou uma coisa que eu imediatamente desejei não ter escutado, e agora vou contar a você, e você também vai imediatamente desejar não ter escutado. Ela costuma ficar e até fazer o bom e velho sexo com os roqueiros da escola. Tipo, muito. Uma vez ela me contou que Rusty Beck disse a ela que ela tinha "a maior vagina que ele já tinha comido". Sim. Tente desescutar que ouviu isso. Não, senhor. Não dá. A propósito, ela me contou isso como se tivesse sido um elogio. Não tive coragem de dizer a ela que estou bastante certa de que isso não iria ajudá-la a conseguir companhia para o baile de formatura.

Gosto de Shelli, mas o jeito que ela passa o delineador é meio estranho. Ela meio que simplesmente contorna os olhos, e você fica com essas duas amêndoas pretas te encarando o tempo todo. Suplicantes. Definitivamente há algo na aparência de Shelli que faz você se sentir compelido a ajudá-la de alguma maneira. Acho que é por isso que esses roqueiros estão sempre ajudando Shelli a tirar as roupas.

Tudo bem, então o motivo pelo qual sou a número três e nunca poderei sequer ter esperanças de sonhar em ser a número dois ou número um é porque meu pai é romeno e parece o Conde Drácula. Sério. Ele parece com um vampiro. Não faz diferença que nunca o vejamos e que ele more metade do tempo em Princeton e a outra metade na Romênia. Isso não interessa. Tudo que interessa é que ele me deu um sobrenome estranho: Dragomir. E, para completar, um nome mais estranho ainda: Anika.

Anika Dragomir.

Então, como pode ver, não há esperança.

Experimente só estudar numa escola de Jennys e Sherris e Julies com um nome como Anika Dragomir.

Vai nessa. Eu te desafio.

Mas, neste momento, a questão não é essa. Neste momento, ninguém consegue acreditar em como Logan parou sua Vespa nos degraus da frente da escola.

Logan é tipo... absurdo. Tipo o rei da parada.

E melhor ainda, ele sequer registra a presença de Becky Vilhauer quando ela ri dele em sua lambreta nova.

— E, daí? Agora ele é um nerd de lambreta?

E aqui está o que é tão estranho na coisa toda: até Shelli notou, o que ela me conta na nossa interminável, seriamente interminável, tipo "devíamos-ser-colocadas--no-serviço-de-proteção-infantil-ao-interminável", caminhada da escola para casa. Logan não nota o que Becky diz porque ele não está nem olhando para ela. E ele também não está olhando para Shelli. Não, não.

Logan McDonough — supernerd transformado em herói de romance gótico — está olhando diretamente, e apenas, para *mim*.

três

Quando chego em casa, minhas irmãs idiotas já estão trancadas no quarto escutando Rolling Stones e falando ao telefone com mais garotos que não gostam delas. Meus irmãos estão nos fundos da casa, provavelmente se incendiando ou matando alguma coisa.

    Caso você esteja se perguntando a respeito da ordem hierárquica por aqui, é a seguinte: minha irmã mais velha, Lizzie, líder do bando, é a que se parece, se veste e se comporta como a Joan Jett, e me provoca sem parar por eu ter peitos, já que ela é achatada como uma tábua; então foda-se ela. A segunda mais velha é Neener. Ela meio que se parece com o Bambi e, que eu saiba, sua única qualidade perceptível é gostar de morangos. Em seguida vem Robby, ele é o alegre e sortudo de quem todo mundo gosta e que nunca tem nenhum problema; é todo positivo e bonitinho, como um bebê Johnson. Em seguida vem meu outro irmão, Henry, que parece um Peter Brady, sombrio e calado desde que tinha 3 anos. E, então, por último, mas não menos importante, eu. Sou a mais nova e a que todo mundo concluiu ser mentalmente perturbada.

Estão errados, é claro, mas não me importo em deixá-los acreditar nisso, porque todos vivem em constante temor de que eu vá me matar, e por mim tudo bem.

Aposto que você acha que tenho cabelos e olhos escuros, e que me pareço com alguém que escuta The Cure, mas está enganado. Por fora, pareço um sorvete de baunilha, por isso ninguém sabe que eu sou uma sopa de aranhas por dentro.

A não ser que olhem de perto.

Por exemplo... Sim, meu cabelo é louro, tenho olhos azuis e pele clara. Isso é verdade. Mas, sabe... todo mundo por aqui tem um narizinho pequeno e eu tenho um nariz que mais parece ter sido decepado por um cutelo. E tem outra coisa também — tenho queixo de homem, mandíbula quadrada, e maçãs do rosto que poderiam lhe cortar. Também há olheiras roxas que poderiam ser adoráveis se eu fosse um gambá. Portanto, como pode ver, sou hedionda. Além disso, o fato de Becky me chamar constantemente de "imigrante" não ajuda exatamente.

E ainda assim... se você não olhar de perto, nunca saberá que não sou tão americana quanto uma torta de maçã. Você precisa me examinar de verdade para ver que obviamente venho de um lugar onde Vlad, o Empalador, é tataravô de todo mundo, e onde você precisa sobreviver com um nabo por semana; nabo esse que precisa dividir com seus irmãos e seus três primos que moram no porão.

Mas isso não é totalmente uma desvantagem. Na verdade, é provavelmente o motivo pelo qual, dois anos atrás, ganhei aquela briga na pista de patinação. Eis o que aconteceu: Russ Kluck, todo errado, como eu, gostava de mim e ficava tentando me convencer a patinar em dupla com ele. Mesmo que todo mundo soubesse que ele mora num trailer, todo mundo achou que eu devia ter ficado lisonjeada, mas realmente não sei conversar com garotos, então eu apenas espirrei ketchup por todo ele.

Ele achou isso bonitinho e passou a gostar ainda mais de mim, mas isso só fez com uma outra garota toda errada ficasse com ciúmes. Ela gostava de Russ e não conseguia acreditar que eu o havia sujado de ketchup. Aposto que ela achou que ia brigar com uma patinadora de waffer de baunilha, mas mal sabia ela que estava se metendo numa briga com um sanduíche de aranhas.

Olha, vou explicar esse lance do meu interior ser feito de insetos, mas você precisa me prometer que não vai ter pena de mim, ok? Essa não é uma história para chorar. São apenas os fatos. Simples assim.

Meu pai, Conde Drácula, basicamente nos sequestrou e nos levou com ele para um castelo na Romênia quando eu tinha 3 anos. Talvez fosse mais como um château. Que seja. Para uma menina de 3 anos parecia um castelo. Éramos eu, minha irmã de verdade, Lizzie, e meu irmão de verdade, Henry, praticamente sozinhos naquele castelo, com o Conde Drácula ausente metade do tempo, mas tudo bem porque, quando ele estava lá, era meio como ter um espectro ambulante comendo cereal ao seu lado. É sério, o cara conseguia basicamente congelar o ar só de entrar num cômodo. E nós nunca fizemos nada de errado. Tá louco? Tínhamos medo demais para fazer qualquer coisa errada. Era óbvio que, se derramássemos uma gota de leite no piso de pedra do castelo, seríamos presos numa caixa de vidro e enviados à zona dos fantasmas para nunca mais voltarmos. Felizmente, tivemos uma babá legal durante algum tempo. Mas o Conde Drácula engravidou a babá e ela foi embora.

Minha mãe não tinha como nos trazer de volta, então foi preciso que eu enfrentasse meu pai quando estava com 10 anos para finalmente voltar para casa e ficar com ela e seu novo marido. Então, recapitulando, fui criada dos 3 aos 10 anos de idade por um vampiro fantasmagórico num castelo gelado de pedra na Romênia. Não tenha pena de mim, a questão não é essa. A questão é a sopa de aranhas.

A garota toda errada não sabia contra quem ela estava se opondo no rinque, e não a culpo. A lenda diz que arranquei seus cabelos, a atirei no chão e a chutei repetidas vezes com meus patins. Mas não foi isso que aconteceu. Foi mais como uma dança esquisita de patins — nós duas puxando uma à outra e nos movendo num círculo lento e irregular — que foi interrompido pelo gerente do local. Honestamente, foi empate. Mas acho que a garota tinha uma reputação de ser bem durona, porque ninguém nunca mais mexeu comigo depois daquilo.

Minhas irmãs e irmãos também não mexem comigo, mas é porque me acham irritante e odeiam me levar a qualquer lugar, mas eles também têm medo que eu me atire da ponte mais próxima estando sob seus cuidados, e, nesse caso, ficariam de castigo pelo resto da vida.

Robby e Neener, meus meio-irmão e meia-irmã, são cem por cento americanos de raça pura. A mãe deles mora num trailer junto ao lago, e eles têm até um cavalo. E um pato também. Ao menos foi o que me contaram. Eles não fazem ideia de como têm sorte. Eu daria tudo para ter um pai morando num trailer em vez de num castelo, e talvez isso soe totalmente sem sentido, mas experimente só crescer sendo metade--vampira no Nebraska.

Henry, meu irmão de verdade, não liga de ser mestiço, porque ele sabe que assim que se formar em Harvard e começar a ganhar bilhões de dólares, ninguém vai ligar e ele simplesmente vai poder comprar todos os seus amigos na loja de amigos. E Lizzie. Bem, Lizzie decidiu simplesmente pular a parte mestiça e ir à toda velocidade para a categoria superfreak. Ela é dark. Ela tem um jeito de menino. Ela é má. Ela é Joan Jett. Ela poderia matar você. E você descobriria o paradeiro de Lizzie apenas seguindo o rastro daqueles que ela matou.

Então realmente sou a única por aqui lutando com um complexo de imigrante.

Aposto que está pensando que estudo na mesma escola que todos esses freaks, mas não. Graças a Deus. Vivemos nessa estranha parte do subúrbio em que você pode escolher entre a East High e a Pound High. Minhas irmãs e irmãos escolheram East High. Então escolhi a Pound. Foi puramente uma medida de autoproteção. Minhas irmãs, especialmente Lizzie, teriam me perseguido, torturado e assediado interminavelmente se eu pisasse, ou sequer pensasse em pisar, perto delas. Não, senhor. A escola teria se tornado minha própria Inquisição Espanhola combinada aos julgamentos das Bruxas de Salém somados a todos os filmes que você já viu com um sargento da Marinha torturando seus subordinados num campo de treinamento. Não, obrigada, pessoal. De jeito nenhum!

Não posso dar esse gostinho a Lizzie.

Agora, isso nos traz à minha mãe. Que essencialmente é a única pessoa decente da casa. Mas, se você acha que, depois do Drácula, ela saiu por aí e encontrou o marido perfeito, está completamente enganado. O cara que ela arrumou tem 1,90 metro, 136 quilos, e fura a fila do buffet que minha mãe arruma no jantar, comendo tudo. Se tivermos sorte, ele deixa sobrar alguma coisa boa, mas é bom pegar logo enquanto há tempo. Ele nunca fala com a gente, exceto em grunhidos, e vai direto para o quarto depois do jantar para deitar em seu colchão d'água e assistir a *Roda da Fortuna*.

Então, basicamente, meu pai de verdade é um vampiro, e meu padrasto, ogro. Se minha mãe se casar uma terceira vez, claramente terá de ser com um lobisomem ou uma múmia. Tenho certeza de que ela se casou com esse cara para que seus filhos tivessem um lar e tudo isso, mas, cara, vou te dizer... como eu queria que ela tivesse encontrado alguém que a fizesse feliz.

Tenho um plano de fuga para mim e minha mãe no qual todos esses idiotas são deixados para trás, mas ainda estou no estágio dois do plano.

Estou a observando na cozinha e percebendo que, se fizermos uma trajetória de Brigitte Bardot para Mamãe Noel, minha mãe estaria a um terço do caminho vindo de Brigitte Bardot. Ela é um docinho a respeito de tudo e certamente merece mais do que esse buraco.

— Querida, aconteceu alguma coisa emocionante no seu primeiro dia de aula hoje?

— Não exatamente. Logan McDonough ganhou uma lambreta.

Ela está fazendo lasanha mexicana, que aparece com frequência no rodízio e geralmente acontece nas segundas à noite, a não ser que esteja programada uma Terça-feira de Taco.

— Oh, aposto que fez sucesso.

— Na verdade, não. Becky disse a ele que ele era um nerd sobre rodas.

— Bem, não fui muito gentil da parte dela.

— *Tsc.* Que seja. Ela é meio babaca.

— Querida, você sabe que não gosto dessas palavras.
— Eu sei. Ela não é mesmo muito legal, só isso.
— Bem, e você disse algo gentil a ele? Aposto que teria iluminado o dia dele.
— O quê?! Não. Becky teria me matado.

Agora minha mãe para de colocar as batatas na assadeira e levanta o olhar. Ênfase para valer.

— Sabe de uma coisa, querida? Só porque Becky faz alguma coisa não significa que você precise fazer.
— Aham, tá. Ela é tipo a garota número um das populares, mãe.
— Bem, e por quê?
— Eu não sei, ela foi tipo modelo ou alguma coisa assim.
— Modelo?
— É.
— Modelo de que, se é que posso saber, considerando que moramos nesse bastião da indústria da moda chamado Lincoln, Nebraska?
— Eu não sei. Acho que, tipo, do catálogo da J.C. Penney?
— Ah, bem, isso explica.
— Mãe, você simplesmente não entende, ok?
— Querida, só estou dizendo que você pode enfrentá-la.
— Do mesmo jeito como você faz com papai?

Mas ela não morde a isca. Ela apenas me ignora e coloca a assadeira no forno. Não importa, meus irmãos vêm correndo dos fundos e começam a remexer os armários como se fossem os Quatro Cavaleiros do Apocalipse chegando a cavalo do Kansas.

— Garotos, escutem bem, falta só uma hora para o jantar. Não quero vocês arruinando o apetite.

De volta ao meu quarto, posso desabar na cama sem ninguém por perto. Uma das vantagens de ser a caçula de que ninguém gosta? Tenho meu próprio quarto. Precisei dividi-lo com Lizzie durante algum tempo, mas simplesmente ficava chamando-a de piranha a noite toda até ela implorar à mamãe para que a tirasse daqui. Parece maldade, mas a questão é que tudo que ela faz é ficar a noite toda falando com garotos ao telefone, tornando estudar impossível. Ela fica corada e dá risadinhas, e sai escondida várias vezes, mas não conto a ninguém porque desse modo posso usar isso para chantageá-la. Agora ela está dividindo o quarto com Neener, e fiquei com esse quarto inteiro para decorar e pensar em como Logan perdeu nove quilos e como até que não ficou nada mal.

quatro

Meu chefe não sabe que o estou envenenando.

Não fique com ciúmes, mas Shelli e eu conseguimos um emprego no Bunza Hut. Precisamos usar camisa polo falsificadas cor de limão, short verde e tênis LA Gear amarelos. Precisamos usar isso em todos. Os. Turnos.

Você precisa ficar parado ao lado das máquinas de sundae o tempo todo, senão é filmado pelas câmeras e isso é invasão de privacidade ou seja lá o quê.

— Bubba acha que você é difícil — diz Shelli.

Eu bufo.

— Sou difícil se o nome do cara for Bubba.

— Eles vão dar uma festa na sexta. Devíamos ir.

— Eles vão ficar tentando enfiar seus você-sabe-o--que na gente.

— Você é tão puritana.

— Bem, mas eles vão.

— Algumas garotas gostam desse tipo de coisa.

— Como algumas garotas chamadas Shelli?

O Sr. Baum, que não faz ideia de o quanto é alto, põe a cabeça para fora de onde estava nos fundos.

— Estou pagando vocês para beberem milk-shake?

Você devia ter visto como era esse cara antes de eu começar a triturar os comprimidos de Valium da minha mãe e misturar na sua interminável caneca de café. Um babaca completo. Especialmente com Shelli. Era como se o olhar indefeso e carente nos olhos amendoados acendesse alguma coisa nele que farejasse sangue. O cara a atormentava. Se ela estivesse varrendo, ele mandava passar o esfregão. Se ela estivesse esfregando, ele mandava varrer. Se ela sorrisse para os clientes, ele dizia que ela estava sendo simpática demais. Se ela não sorrisse, ele reclamava de que ela não estava sendo simpática o suficiente. Preto devia ter sido branco, branco devia ter sido preto; e não importa o que, ela era uma idiota. O cara é um sociopata. Um dia ele fez Shelli chorar porque disse que o short dela precisava estar passado e que ela precisava perder 4 quilos. Foi nesse dia em que decidi que algo precisava ser feito.

Então agora eu drogo o sujeito. Primeira coisa que faço depois de bater ponto.

O truque é despistar. Você não pode simplesmente esmigalhar o calmante da sua mãe e colocar na caneca. Endoidou? Ele notaria num segundo. Você precisa jogar conversa fora com algum cliente enquanto está esmigalhando. E tem toda a questão da dosagem, claro.

Eis o que aconteceu da primeira vez. Há cerca de cinco semanas, no primeiro domingo da pré-temporada de futebol, o Sr. Baum estava de ressaca e foi praticamente uma emergência porque ele se comportava como um babaca total.

Ele estava nos fundos, cuidando de sua dor de cabeça, e eu, na frente, conversando com uma família muito legal, de Platte.

— Hum... os Huskers estão com uma cara ótima!

Esmigalha. Esmigalha.

— Parece que esse vai ser o nosso ano.

Esmigalha. Esmigalha. Esmigalha.

— Esses Sooners não têm a menor chance!

— Pode apostar. *Go Big Red*!

Servir café na caneca.

Dosar. Dosar. Dosar. Mexer mexer mexer.

E então a família feliz de Platte vai para sua mesa, o Sr. Baum pega seu café, e tudo fica perfeito.

Ou quase.

Quinze minutos depois, escutamos um baque.

Shelli me olha com seus olhos amendoados. Ela nem tem mais rosto, só olhos.

Eu a encaro de volta, e nós duas sabemos que a situação é crítica.

— Você vai olhar.

— Não, vai você.

— Não posso. Você sabe o quanto ele me odeia. Ele vai me matar... se já não estiver morto.

O que Shelli diz faz sentido.

— Ok, e se formos nós duas?
— Tipo juntas?
— É, tipo juntas.
E agora Shelli está agarrada ao meu braço.
— Shelli, não é o momento de dar em cima de mim.
— Cale a boca!
— Sei que sou supersexy, mas temos uma emergência aqui.

Não consigo evitar. É divertido demais provocar Shelli. Além disso, ela é cristã, então, se o Sr. Baum estiver morto, significa danação eterna nas mãos de Belzebu para ela, enquanto eu vou só ficar de castigo.

Quando chegamos ao escritório nos fundos, apenas os pés do Sr. Baum estão visíveis. Ele usa aqueles mocassins com penduricalhos, o que já devia ser desculpa suficiente para o envenenamento, mas sua visível falta de movimento certamente é motivo para preocupação.

— Ele está... Ele está...?
— Se ele estiver, Shelli, eu realmente acho que você devia manter suas mãos quietas. É importante respeitar os mortos. Além disso, ele pode ressurgir como um zumbi.
— Cale a boca, Anika. Meu Deus!
— Também acho que você não devia usar o nome de Deus em vão na frente de um zumbi.
— Jesus!
— Esse é o filho de Deus, Shelli. Você acaba de assassinar uma pessoa, e agora usou o nome do filho de Deus em vão.
— Anika, pare com isso, estou falando sério...

— Olha, é impossível ele estar morto.
— Tem certeza?
— É, tenho.
— Sinta o cheiro dele! Está com cheiro de usina.
— Ahn? Tipo um cheiro radioativo?
— Não. Tipo um lugar onde fazem vodca. Você sabe, uma usina de álcool.
— Shelli, foco. Preciso que você cheque se ele está morto.
— Eu não vou checar. Vai você.
— Não posso. Se eu chegar mais perto, ele pode me morder. Nós duas sabemos bem que sou romena e que, se eu for mordida por um morto-vivo, imediatamente vou virar vampira. E aí, você não terá nenhuma chance.
— Bom, eu não vou chegar nem per...
— Sem *chance*, Shelli! Meu sangue ancestral vai te subjugar. Você provavelmente vai simplesmente evaporar.
— Eu não posso, Anika! — Shelli está praticamente chorando.
Os sapatos com penduricalhos do Sr. Baum continuam imóveis.
— Sinceramente, a única solução é nós duas irmos olhar ao mesmo tempo.
— Ok.
— Ok?
— Tá, ok.
Shelli agarra meu braço, e nos aproximamos mais, como dois gatinhos investigando um rinoceronte caído.

Estamos quase chegando na peruca do Sr. Baum quando ele ronca tão alto que damos um salto de ir parar na outra sala.

Jesus.

O sujeito sabe roncar!

— O que a gente faz?! O que a gente faz?!

— Bem, eu não sei Shelli. Tem meio que duas maneiras de olhar para a situação. Ou... nos matamos de culpa por obviamente sermos pessoas horríveis ou... OU... aceitamos que o Sr. Baum vai ficar apagado por hoje, fazemos alguns sundaes e ligamos para dar um trote naquele novo professor de debates que é um gato.

— Sério? Não devíamos ligar para alguém?

— É, devíamos ligar para aquele novo professor gato e perguntar se ele conhece aquela música do The Police que diz "Young teacher, the subject of schoolgirl fantasy..."

— Você está louca.

— Louca pelo professor de debate.

E isso, senhoras e senhores, é o que acontece quando você não está prestando atenção à dose de Valium.

Desde então, aperfeiçoei minha técnica, e não tivemos mais incidentes. Mas, como pode ver, tudo tem seu lado bom, e, neste caso, esse lado é... que desde que começamos a dopá-lo com Valium, o comportamento do Sr. Baum melhorou muito.

Como hoje. Ele está nos deixando totalmente em paz, provavelmente sentado à sua mesa agitando os dedos, maravilhado com o rastro psicodélico que estes deixam no ar. Mas isso não importa agora, o que importa é que, no meu tempo livre, bolei um plano que acho capaz de aprimorar seriamente nosso Halloween, baile e festas de fim de ano.

— Acho que descobri como roubar deste lugar.

Shelli para de passar o pano no balcão. Ela arregala os olhos. Realmente *parece* um veado pego de surpresa pelo farol do carro.

— Está falando sério?

— Sim. Ok, então tipo... a câmera fica voltada para o caixa, certo?

— Aham.

— Então precisamos cobrar menos no caixa, mas dar o preço real ao cliente, certo?

— Acho que sim.

— E então simplesmente colocar todo o dinheiro na caixa registradora, onde a câmera não vê nada, certo?

— É?

— Mas manter uma contagem da diferença à parte.

— Não entendi.

— OK, tipo, digamos que o combo Bunza custa quatro dólares.

— Sim...

— Então cobramos quatro dólares do cliente, mas só registramos três na caixa registradora.

— Ok.

— Mas, quando você fizer isso, tipo bem na hora que fizer, anote a diferença.

— Ok.

— Então você anota um dólar, certo?

— Acho que sim...

— E então continua anotando a diferença o dia todo.

— Ok, e depois?

— Ok, então tem câmeras por toda parte, certo?

— É.

— Então, para pegarmos a diferença no final da noite, precisamos fazer onde não tenha câmeras, certo?

— Certo...

— Então, onde não tem câmeras?

— Sei lá.

— Pense.

— Eu não sei! Você está me estressando!

— Shelli, só estou tentando melhorar nosso padrão de vida.

— Ok, bem, então simplesmente me diga ou... Isso que você está fazendo é maldade. É como se estivesse se exibindo ou algo assim.

— Ok. A resposta é... não há câmera na... nas escadas.

— Que escadas?

— As escadas perto de onde ele põe o pedido pronto.

— Ah...

— Pense só, é perfeito. Tudo que você precisa fazer é tirar a diferença, já calculada com base nas anotações que fez, colocá-la no seu bolso e guardar o resto no cofre. Perfeito, não é?

— Eu não vou fazer isso.

— Ok, você não precisa fazer. Só me dê cobertura está bem?

— Como assim, cobertura?

— Tipo, você sabe, distraindo o Sr. Baum ou algo assim.

— Como é que eu vou distraí-lo?

— Eu não sei. Mostrando os peitos?

— Que nojo!

— Eu sei. Ele *é* nojento.

— E babaca!

— Exatamente, Shelli. — Coloco uma das mãos no ombro dela. — É por isso que vamos roubar dele. Porque ele é um babaca.

Dá para acreditar que no meio de meu plano diabólico, as portas se abrem e Logan McDonough aparece? Shelli faz um aceno com a cabeça na direção dele, e lá está Logan, bem no caixa, inclinando-se para mais perto.

— Hum. Quero uma coca. E batatas fritas.

— Você não quer um Bunza nem nada? — pergunto.

Somos obrigadas a falar isso. Não que eu dê a mínima.

— Não.

— Ok, é... vai dar... dois dólares e dezessete centavos.

Ele nem diz nada. Ele simplesmente meio que coloca as notas e as moedas em cima do balcão.

— Ah, dinheiro trocado, obrigada.

Ele sequer está olhando para mim. É como se ele estivesse virado do avesso ou coisa parecida.

— Posso falar com o gerente?

— Hum. O quê?

— Eu gostaria de falar com o gerente, por favor.

Ah, meu Deus, será que ele ouviu? Será que ele ouviu meu plano diabólico de roubar do Bunza Hut e vai me dedurar?

— É... Ok, claro.

Shelli não é mais uma pessoa. Ela é apenas dois olhos gigantescos parados ao lado da máquina de refrigerantes. Assistindo.

— Sr. Baum? É... tem alguém aqui para falar com o senhor...

O Sr. Baum sai do escritório, tirando seu chapéu Bunza, e fica ali parado como um pedaço de carne. Graças a Deus *não* foi hoje que quase o envenenamos até a morte. Pelo menos hoje ele está conseguindo ficar de pé. E também andar.

Logan começa a falar. De repente ele parece um personagem da Vila Sésamo.

— Olá, senhor. Eu só queria lhe dizer... que tem uma excelente funcionária aqui, com potencial para gestão intermediária.

Do. Que. Ele. Está. Falando?

O Sr. Baum concorda com a cabeça, totalmente confuso.

— Nunca uma batata frita foi servida com tanto amor. Tanta gentileza. E eu realmente acho que você devia sentir orgulho de ter como parte da família Bunza essa jovem dama. Dou cinco estrelas a ela. Por atendimento ao cliente. E simpatia em geral.

Então Logan pega suas batatas fritas e sua bebida, e sai, deixando o balcão do Bunza do sudeste de Lincoln em silêncio.

O Sr. Baum se vira para Shelli e para mim.

— Amigo de vocês?

Shelli e eu sacudimos as cabeças enfaticamente, apesar de eu não ter certeza de por quê.

— Não não não não.

— Hum... Bem, bom trabalho então. Bom trabalho.

Ele volta à sua tarefa de misturar carne Bunza. Shelli e eu ficamos paradas ali durante dois segundos, olhando uma para a outra em silêncio, antes de cairmos na gargalhada.

— Mas o que...?

— Eu sei! — Shelli também não consegue acreditar.

— Sério?

— EU SEI!

Agora mal estamos conseguindo nos controlar. Não devíamos mais estar usando o uniforme do Bunza. Não estamos mais representando a loja de maneira adequada.

— AL-GUÉM gos-ta de vo-cê-ê — cantarola Shelli.

— Cale a boca.

— E quer saber?

— Não. Nem comece.

— Acho que você também gosta dele.

— Não. Não gosto.

— Sim, totalmente gosta.

— Não, eu juro por Deus que não gosto.

— Jura? Isso quer dizer que você não daria *cinco* de *cinco* estrelas a ele?

É claro que preciso jogar a toalha para Shelli. Meu Deus, como me sinto aliviada quando Becky não está por perto. Shelli e eu somos livres quando ela está longe, fazendo o que quer que esteja fazendo. Provavelmente se olhando no espelho. Mas isso não importa neste momento. Tudo que importa é que o que Logan McDonough acabou de fazer foi meio que irado. E estranho. E talvez ele possa acabar sendo bem mais interessante do que eu, ou qualquer outra pessoa, tenha pensado.

cinco

Se você transformasse um labrador numa pessoa, criaria Brad Kline. Ele é feliz e emotivo, e tão interessante e complexo quanto um toco de árvore. Mas é o cara mais popular da escola e namorado de Becky. É claro. Que eu saiba, suas características mais interessantes são a completa incapacidade de enxergar a verdadeira natureza de Becky, e o irmão, Jared Kline. Sim, O Jared Kline.

Tipo, eu gosto de caras que tenham a aparência de quem está prestes a roubar um banco. E Jared Kline parece estar levando uma vida meio Bonnie & Clyde há seis meses ininterruptos. Desalinhado. Brusco. Mau. Se Brad é um filhotinho de cachorro, Jared é um lobo. Aquele lobo mau e grande sobre o qual sua mãe lhe contou, mas agora você simplesmente terá que ignorar sua mãe. Ele acabou de sair do ensino médio. E ele nunca foi capitão do time de futebol americano, nem do de futebol, sequer fez corrida. Até onde eu sei, ele era,

e pode ainda ser, o capitão do time dos maconheiros-
-e-ouvintes-de-Pink-Floyd-depois-da-aula.

Enfim, esta manhã se ouve o nome dele por todos os cantos porque corre o boato de que ele engravidou Stacy Nolan. Eu sei. Começou no primeiro tempo, só um cochicho, e agora, pouco antes do almoço, está crescendo tanto que parece que, a qualquer instante, o diretor da escola vai anunciar a histórias nos alto-falantes.

Becky está obcecada. Ela praticamente se levantou antes do sinal tocar e foi para o corredor, bem ao lado do armário de Stacy Nolan. É irritante que Shelli e eu tenhamos que ficar aqui e observar enquanto Becky faz seja lá qual idiotice que estiver a fim, mas é uma regra velada. Ou obedecemos ou morremos.

Eu juro por Deus que Stacy vê Becky e tenta desviar, mas isso não vai acontecer. Becky desliza até ela, sorrindo sarcasticamente com seus livros junto ao peito.

— Não vai convidar a gente?

Shelli e eu ficamos por perto, prontas para estremecer de vergonha.

Stacy troca o peso do corpo de um pé para o outro. Seu rosto ficou tão pálido que as sardas de seu narizinho estão aparecendo mais que o comum. Ela mal consegue fazer contato visual por baixo da pesada franja pesada castanha, porque já sabe que o golpe está por vir. Meu Deus, isso é triste.

— Convidar para o quê...?

Dessa vez, Becky se inclina para perto dela.

— Para o seu chá de bebê.

Noto que há uma pequena multidão ao nosso redor e que todo mundo está rindo da piadinha de Becky. Ela não é *hilária*, pessoal?

A pobre e traumatizada Stacy solta um gritinho involuntário. Ela dá meia-volta e dispara pelo corredor, como um rato que levou um chute no traseiro. Becky olha para nós duas em busca de aprovação. Mas eu não consigo reunir nada em mim além de um grande buraco no estômago pela infeliz pária grávida Stacy Nolan.

A multidão começa a se dispersar, e Becky fica parada ali, como se nos incitando a desafiá-la.

— O que há com vocês duas?

Shelli e eu não conseguimos fazer nada além de murmurar para nós mesmas. Acho inclusive que estamos inventando palavras novas para balbuciar. Algumas das chefes de torcida puxa-saco continuam rindo em silêncio do showzinho de Becky. Nós apenas mantemos o olhar fixo em nossos fichários e corremos para a aula. Depois de o último sinal tocar, escapulimos rumo à nossa longa e cruel caminhada para casa.

Nos primeiros três quarteirões não dizemos nada. Mas não há dúvidas de que o assunto sobre o qual nós duas não estamos falando é Becky.

Todo mundo ama Becky, no entanto, ela é pura maldade.

O mais estranho é que... não é como se você pudesse citar alguma coisa que a tenha deixado assim. Não é como se o pai dela fosse um criminoso ou a mãe fosse viciada em crack ou ela tivesse crescido num orfanato ou coisa do tipo. Isso na verdade *explicaria* seus poderes demoníacos. É apenas como se ela tivesse nascido, feito alguns anúncios para catálogos impressos da J.C. Penney, e abracadabra-BELZEBU!

A única justificativa possível é que, quando ela estava no berçário, algum tipo de fantasma insatisfeito tenha entrado em seu berço, possuído seu corpo de bebê e resolvido levar o caos ao mundo dos vivos como vingança por alguma injustiça sem resolução. Essa realmente é a explicação mais simples.

Seja como for, lentamente estamos nos tornando seus minidemônios.

E eu não me candidatei a isso.

Estamos a cerca de seis quarteirões da escola, o ar está denso como gelatina, e o assunto vem à tona.

Eu começo.

— Aquilo foi TÃO. BABACA.

— Eu sei.

— Quero dizer, falando sério.

— EU SEI.

Pausa.

— Você acha que é verdade?

— O que, ela estar grávida?

— É.

— Mais ou menos.

Pausa.

— Precisamos fazer alguma coisa.

— Tipo o quê?

— Eu não sei, defendê-la ou alguma coisa do tipo.

— De jeito nenhum! Nós não podemos!

— Bem, e por que não?
— Por que não? Está de brincadeira? Porque estamos em uma situação razoável aqui, considerando os fatos. Isto é, você pode ser... meio étnica, e eu posso ficar com todo mundo por aí, e nenhuma de nós duas precisa ser torturada por causa disso!

Pausa.

— Bem, e se começarmos um novo grupo de amigas ou algo do tipo?
— Você está maluca? Becky CRUCIFICARIA a gente. Isso sem falar nas outras pessoas de quem conseguiríamos ser amigas. Que provavelmente não seria ninguém.
— Tem de haver alguma coisa que possamos fazer.
— Olha, se trairmos Becky, esquece. Ela vai se voltar contra a gente e vai ser, tipo, cruel. Você sabe que sim. Vai demorar dois segundos para eu ser uma completa prostituta e você ser tipo... alguma palavra proibida.
— Palavra proibida?
— É. Uma palavra proibida. E ela vai, tipo, acrescentar alguma coisa. Tipo vai chamar você de uma... palavra proibida para vampiros.
— Palavra proibida para vampiros?
— É. Um xingamento para vampiros.

Continuamos nossa caminhada. O sol está prestes a se pôr. Nós duas estamos tremendo a essa altura. As árvores estão ficando escuras e pontiagudas. Como se estivessem prestes a nos alcançar e estrangular.

Eu só consigo pensar numa coisa.

Jesus... Eu não quero ser chamada de um xingamento para vampiros.

seis

Para falar a verdade, nossa casa meio que se parece com uma filial da Pizza Hut. Costumávamos ter a melhor casa do mundo, uma fazenda afastada da cidade, com celeiro e tudo, mas fomos expulsas para construírem um Walmart no terreno. Então agora estamos no subúrbio, em uma casa onde você poderia chegar e pedir pizza.

    Esta noite minha mãe está fazendo carne assada. Minha função é picar cenouras e alhos-porós e coisas do tipo. É a coisa mais segura para eu fazer sem envenenar todo mundo. Não sou nenhuma Nigella. Minha pobre mãe tentou, mas agora ela já sabe que é impossível para mim cozinhar sem me distrair e queimar tudo. Além disso, quem quer se esforçar tanto, gastar todas aquelas horas e concentração numa coisa que um ogro vai simplesmente engolir em dois segundos e arrotar em seguida? A coisa toda é simplesmente muito nojenta.

    Não consigo para de pensar em Stacy Nolan. O que ela estaria fazendo agora? Será que está na cama, chorando? Será que já mudou de escola? Será que ela está mesmo grávida de Jared Kline? Mais do que qualquer outra coisa, eu me sinto mal. Devíamos ter feito algo. Devíamos ter tentado defendê-la.

— Querida, você está chateada com alguma coisa?

Descasco. Corto. Fatio.

— Não, tudo bem.

— Tem certeza?

Minha mãe é tão fofinha com tudo. A maioria das garotas basicamente odeia a mãe, tipo, você devia ver só Becky. Mas a minha mãe meio que sabe exatamente a distância certa. Ela nunca me sufoca de afeto e nunca me leva para fazer compras. E, pensando bem, ela nunca me dá dicas de beleza como a mãe de Shelli. A mãe de Shelli adora conselhos de beleza. Ela fala tanto tempo sobre a Color Me Beautiful, a marca de maquiagem que usa, que faz a gente revirar os olhos. Mas a minha mãe, não. Ela meio que apenas nos despacha para a escola depois do café da manhã — ovos, panquecas, às vezes rabanadas —, chega em casa depois das cinco e começa a fazer o jantar. Mas, sabe, ela meio que comparece. É como se ela se importasse ou coisa assim.

— Tá, talvez tenha uma coisa, sim.

Descasco. Corto. Fatio.

— Bem.. E você quer falar sobre isso?

— Stacy Nolan está grávida.

— Hum...

— E todo mundo sabe.

— Hum?

— E todo mundo está falando nisso.

— Hum?

— E Becky fez uma coisa meio que muito má.

— Hum. E o que ela fez?

— Bem, ela meio que... foi até Stacy na frente de todo mundo e perguntou se podíamos ir ao chá de bebê.

— Isso não foi muito legal.

— Eu sei.

Descasco. Corto. Fatio.

— Devia ter visto a cara que Stacy fez. Foi como se tivéssemos lhe dado um soco.

— Tivéssemos?

— Bem... Shelli e eu estávamos bem atrás dela.

— Atrás de Becky?

— É.

— E você não disse nada?

— Não.

— Hum. Bem, e como isso faz você se sentir?

— Péssima. Me senti péssima, mãe.

Descasco. Corto. Fatio.

— Bem, talvez tenha alguma coisa que você possa fazer para se sentir melhor. Podia ligar para... qual o nome dela? Stacy?

— De jeito nenhum. Becky surtaria.

Suspiro. Minha mãe está tão de saco cheio de me ouvir falar em Becky. De Shelli ela gosta. Ela não se importa quando Shelli vem aqui em casa. Mas ela sabe que Becky representa o lado negro da força.

— Bem, eu não vou dizer a você o que fazer, mas... acho que você devia dizer alguma coisa à garota. Ela está passando por dificuldades, e talvez você possa até...

— É isso!

— Oi?

— É isso! Você precisa MANDAR eu me desculpar. Se você mandar que eu faça isso para não ficar de castigo, Becky não vai poder dizer nada porque a culpa terá sido sua.

— Minha culpa?

— É. Se não pedir desculpas me trouxer problemas, essa pode ser minha justificativa.

— Hum.

— Ok, então diga logo. Diga que eu preciso pedir desculpas.

— Querida filha, você precisa pedir desculpas.

— Senão vou ficar de castigo.

— Senão você vai ficar de castigo.

Ela está colocando a carne no forno agora. Está usando aquelas engraçadas luvas de cozinha de vovó, cheia de queimaduras. A estampa é de ratinhos numa fazenda. Quem teria tido aquela ideia?

— Mãe, obrigada! Volto a tempo do jantar, prometo.

A carne assada entra no forno, e eu saio de casa. Saio para o céu do começo da noite, o sol começando a deixar as árvores douradas.

A casa de Stacy Nolan fica a cerca de cinco quarteirões. Meu plano consiste em ir até lá e bater na porta. Queria que Shelli pudesse me ver agora. Ela morreria.

sete

A casa de Stacy Nolan é de tijolos pintados de branco, tem persianas pretas e uma porta vermelha. É mais bonita do que nossa Pizza Hut, isso é certo. O pai dela é oftalmologista ou coisa assim. Normalmente eu teria inveja. Mas não neste momento.

Eu provavelmente devia pensar num plano melhor do que este. Mas, que surpresa, aqui estou eu nos degraus da frente, e, antes que consiga me conter, minha mão vai até a brilhante aldrava de bronze da porta e...

Toc toc toc.

A porta se abre mais rapidamente do que eu esperava. Como se talvez ela tivesse me visto subir os degraus ou algo assim. É a mãe dela. Dá para perceber, quando abre a porta, que ela sabe haver algo de errado com a filha. Talvez não saiba o quê. Mas alguma coisa. Ela parece hesitante. Protetora. Mamãe urso.

— Pois não?

— Oi, é, eu... estudo com Stacy e queria falar com ela.

— Quer?
— É, eu queria... meio que me desculpar?
— Entendo.

Ela desaparece, e em seguida Stacy vem do fim do corredor. Cara, como ela não parece feliz em me ver. É como seu eu fosse da polícia ou coisa assim.

— Stacy, querida, tem um menina aqui querendo falar com você... — Ela sussurra: — Para pedir desculpas.

Stacy levanta a cabeça, intrigada. Ela anda até a porta com desconfiança, como que pensando: *será que é uma armadilha?*

Agora ela está parada na minha frente.

— Oi, é... Olá. — Deus, como isso dói.
— Oi.
— Então, é... eu realmente sinto muito pelo que Becky disse hoje. Nós duas sentimos. Shelli e eu. Tipo, muito mesmo. Especialmente porque... —Eu sussurro: — Você sabe.
— Mas não é verdade!
— O quê?
— Nem é verdade! Essa é a questão!
— Não é?
— De jeito nenhum.
— Tem certeza?
— Hum, sim. Eu nem conheço Jared Kline. Tipo, ele é um gato e tudo isso. Mas não o conheço. Ele nem sabe quem eu sou. Infelizmente.
— Eu sei, ele é um gato, né?
— É.

Nós sorrimos. Aposto que é a primeira vez que ela sorri hoje. Pobrezinha. A situação é uma droga porque basta alguém dizer tal coisa uma só vez para todo mundo presumir que é verdade. Tipo, culpada até que se prove o contrário.

— Bem, então você acha que alguém simplesmente inventou?

— Sim, eu acho.

— Bem, você sabe quem? Ou tipo, alguém tem raiva de você ou coisa assim?

— Não sei. Isto é, não que eu saiba.

— Hum...

Olhando-a de perto, posso ver que ela andou chorando sem parar.

— Sabe de uma coisa? Eu posso dar um jeito nisso. Tipo, vou começar no primeiro tempo.

— Vai?

— É, eu sei o que fazer. Você vai ver.

O rosto de Stacy, que parecia pequeno e tinha a expressão fechada, agora estava aberto e reluzente. Ela deu um largo sorriso. Está me olhando como se eu fosse Madre Teresa de Calcutá ou alguém assim.

— Te vejo amanhã — digo. Aceno a cabeça com confiança para ela e, em seguida, dou meia-volta e desço os degraus.

Droga, penso quando piso na rua. *Eu realmente espero que consiga pensar no que fazer.*

oito

Existe uma maneira de fazer isso, e eu sei qual é. Primeiro, confirmar que Becky não vai estar na escola de manhã por causa de algum tipo de consulta no ortodontista. Depois, subir os degraus da escola. É uma manhã fresca, com o verão dando lugar ao outono. Observo satisfeita as folhagens até Jenny Schnittgrund se aproximar ofegante.

— Você soube?

— Soube do quê?

Há dois anos Jenny Schnittgrund está tentando para valer subir alguns níveis na hierarquia social. Mal sabe ela que isso nunca vai acontecer porque Becky sente o cheiro do seu desespero, e isso já é suficiente para Jenny estar amaldiçoada. Apesar de suas roupas novas, idas ao shopping e cartão fidelidade num salão de autobronzeamento, Jenny Schnittgrund nunca vai ser nada além de, no máximo, uma lacaia.

— Stacy Nolan está grávida!

Você para, você pensa. Uau! Jenny realmente é laranja como um Oompa-Loompa.

— E o pai é Jared Kline!

Lá vai, pessoal. Vamos torcer para isso dar certo.

— Você não soube? É uma outra Stacy, de Palmyra. — E este é o momento em que me inclino na direção dela, sigilosa. — E nem é de Jared Kline. Sei disso porque conheço o cara. Um cachorro.

Jenny Schnittgrund se afasta. É como se eu tivesse contado a ela que extraterrestres vão aterrissar aqui depois do sexto tempo. Os pés dela estão cinco minutos atrás do cérebro, que já está a mil querendo contar a todos as novidades. Uma fofoca quente!

Ela olha para mim e assente, grata pela revelação. Posso perceber que talvez ela esteja até achando que é popular agora.

Entramos na escola, e o boato vem vindo com a gente. Jenny e eu nos separamos, e eu ando em linha reta até meu armário, mas o boato vai para todos os lados e dá voltas, da boca de Jenny para os ouvidos daquela garota, para aquele grupo de garotos perto do bicicletário, pela porta, para aquelas duas garotas na frente de seus armários, pela sala do diretor, pela sala dos professores, pelos roqueiros, e até os ouvidos da líder de torcida, que me interrompe a caminho do pátio principal.

Ela praticamente me segura, os livros nas mãos.

— Já soube?

— Soube do quê?

— Não é Stacy Nolan que está grávida. É uma outra Stacy. Uma garota de Palmyra. — Ela chega mais perto, sigilosa. — Sei disso porque conheço o cara. Um cachorro.

— Sério?

— Ah, sim. Um cachorro.

Uau! Exatamente as minhas palavras. Na íntegra. Isso é o que chamo de sucesso.

Concordo com um movimento de cabeça e entro na minha sala.

Você devia ver a cara de Stacy Nolan, sentada ali sozinha. É estranho porque ela está perfeitamente imóvel, mas você praticamente consegue senti-la tremer. Meu Deus, ela está em pânico.

Agora para o toque final.

É aqui que eu gostaria de mencionar que esta é a manobra mais difícil do meu número. Tipo, se eu acertar este passo, os juízes russos vão me dar pontos extras. Caso contrário, pode ser um desastre total. Eu poderia acabar excluída com Stacy, durante... bem, talvez a minha vida toda.

Em vez de ocupar minha mesa na frente da sala, porque sou meio que aluna nota dez por causa do meu pai vampiro, me sento bem ao lado de Stacy. Ela ergue a cabeça, como se eu tivesse acabado de aterrissar vinda de Marte.

Tiro uma revista *Seventeen* da mochila e a coloco à nossa frente. Ela me olha como seu eu fosse James Bond ou algo do tipo.

— Essa edição de outubro está tão gay. Só fala de festas de volta às aulas e de Halloween. De novo.

Stacy Nolan aproveita a deixa. Sim, é para ela olhar agora. Sim, é para ela agir como se estivesse imersa. Fingimos folhear a revista juntas.

— Eca. Esse cara é nojento.

Pausa.

— Você ia gostar de beijar esse cara?!

Pausa.

— ECA! Olha esse! Que babaca!

Pausa.

— Uau, gostei disso. É da Guess?

Pausa.

— Sapatos legais. Gostei dessas polainas com eles.

Stacy está apenas assentindo sem parar ao meu lado, mas não é isso que está realmente acontecendo. O que realmente está acontecendo é que a sala está começando a ficar cheia, as pessoas estão começando a entrar, uma a uma, e a nos ver. A *me* ver. Terceira Garota Mais Popular da Escola. Junto. De Stacy Nolan. A que, ainda ontem, estava grávida.

Mas hoje? Bem, hoje ela está folheando revistas com a número três aqui.

As pessoas começam a rondar.

Primeiro, são as líderes de torcida. Depois as viciadas em spray de cabelo. Em seguida, os metaleiros. Depois, os nerds. E agora para o golpe de misericórdia... Charlie Russell. Sim, se Charlie Russell morder a isca, estamos livres.

Charlie é o prefeito *de facto* por aqui. Todo mundo o conhece. Todo mundo é seu amigo. Ele é legal, mas, se você perguntasse a alguém por que ele é tão importante na escola, duvido que conseguiria lhe responder. Talvez seja porque ele joga tênis, usa camisetas de rúgbi e mora numa mansão gigantesca na Sheridan Boulevard.

Charlie se senta bem ao meu lado. Aleluia!

— Bom dia, senhoritas. Qual a ocasião especial?

— Essa revista boba, olha que idiota.

Se você dissesse a Stacy Nolan que no primeiro tempo, antes do primeiro sinal tocar, ela estaria cercada pelas líderes de torcida, as viciadas em spray de cabelo, os metaleiros, os nerds, Charlie Russel e essa que vos fala... folheando um exemplar da *Seventeen* em meio a um coro de *oohs* e *aahs*, ela meio que mandaria você procurar um hospício. Mas aqui está ela, Stacy Nolan, a antes Stacy-Nolan-Grávida, centro das atenções mais uma vez, mas agora de um jeito bom. Mais do que redimida. Talvez até mais popular. Tendo evitado um escândalo e tudo.

O sinal toca e todos ocupam seu lugar. Eu volto para minha carteira de puxa-saco na fileira da frente. Antes da Sra. Kanter começar seu discurso sobre a história do algodão e a produtividade da região Sul em geral, Stacy Nolan me olha lá do outro lado da sala. A admiração em seu rosto? Você seria capaz de achar que eu sou a fada dos dentes.

Eu sorrio e dou uma piscadinha, e ela fala sem som:

— Obrigada.

Mesmo eu sendo feita de sopa de aranhas, há uma parte minha que não se importa em se sentir assim. Como se talvez — talvez — fosse possível que eu tenha feito uma coisa meio boa.

E eu saborearia este momento. Mesmo. Se eu não soubesse que pagaria por ele, e caro, quando Becky terminasse sua consulta no ortodontista e soubesse do que aconteceu.

nove

Exatamente como eu havia imaginado, Shelli e eu estamos saindo da escola, começando nossa caminhada de zilhões de quilômetros para casa, quando Becky se aproxima.

— Que merda é essa?!

Ah, meu Deus. Isso vai ser feio. Shelli simplesmente olha para a calçada. Ela já sabe o que está por vir.

— O que foi? — pergunto.

— Você sabe o que foi, Imigrante.

As pessoas estão começando a olhar para nós, e isso tem potencial para me arruinar. Eu sei lá. Talvez eu não devesse ter me metido. Consciência idiota. Muito obrigada.

— Não, eu não sei.

— É mesmo? Duas palavras: Stacy. Nolan. Te lembra alguma coisa?

— Ah, é. Nossa, minha mãe é TÃO IRRITANTE.

Becky para.

— Calma aí. O quê? O que a sua mãe tem a ver com isso?

— Ela me fez ir lá noite passada e ME DESCULPAR. Foi TÃO DEPRIMENTE.

E arremato revirando os olhos durante três segundos.

— Ela fez?

— É. Foi tipo Excruciante.

— Como é a casa dela?

— Meio idiota. Eu sei lá, é tipo, o pai dela tem uns patos de mentira por todo lugar.

— Patos de mentira?

— É, tipo marrecos. Acho que o nome é esse.

— Cheirava mal?

— Totalmente. Tinha cheiro de sopa. Até o gramado meio que tinha.

— Que perdedora. Não acredito que você falou com ela.

— Eu sei! Mas, tipo, fui obrigada. Minha mãe idiota ia me colocar de castigo.

— Sério?

— É, por tipo um mês.

— Até parece.

— Sério.

Agora todas nós suspiramos, um suspiro coletivo contra as injustiças das mães.

— Foi TÃO estranho.

— Deve ter sido mesmo.

Graças a Deus, Brad Kline se aproxima. Ele coloca o braço em volta de Becky, que até aparentaria pura presunção por ter fisgado o cara mais popular da escola se não estivesse aparentando irritação por ele estar amarrotando seu vestido.

— Cara. Festa na minha casa. Sexta à noite. Estejam lá.

E agora ele assente para mim.

— Especialmente você. Chip está a fim de você. Sabia disso?

Chip Rider é o segundo na escala de cara mais popular. Ele é loiro e tem olhos azuis, e parece a cria de um boneco Ken com uma boneca Repolhinho.

— E aí, você vai?

— Acho que sim. — Esse cara, Brad, tem o mesmo QI de uma torradeira.

Tem uns vinte amigos de Brad o chamando, então, graças ao Senhor, ele e Becky vão na direção do abismo de atletas. Becky diz alguma coisa que faz os atletas e suas aspirantes a namoradas/puxa-saco caírem na gargalhada.

Shelli e eu nos afastamos para começar nossa longa trajetória pela calçada. Estamos na metade do quarteirão quando finalmente soltamos um enorme suspiro de alívio.

— Cara. Essa foi por pouco.

dez

O que passa pela cabeça de nossos pais, nos forçando a fazer essa irritantemente longa caminhada para casa todos os dias, está além da minha compreensão. Em primeiro lugar, está começando a esfriar. Setembro está prestes a acabar com todo aquele sol e diversão, e virar tudo do avesso resultando no início do outono, no Halloween, no baile de volta às aulas, no Dia de Ação de Graças, e, finalmente, na grande explosão do Natal. Mas o que isso significa neste momento é: está frio e ficando cada vez mais frio.

Faz uns oito graus hoje, o sol está começando a se pôr, e Shelli e eu esquecemos nossos casacos. Por "esquecer" quero dizer que reviramos os olhos quando nossas mães nos perguntaram se os estávamos levando.

A mãe de Shelli é uma verdadeira aberração. Tipo, ela é cem por cento cristã e está sempre falando no que Jesus faria e sobre o verdadeiro significado do Natal, e sobre como odiar os gays. Se ela soubesse que, bem diante de seus olhos, estava criando sua Maria Madalena particular, provavelmente começaria a revirar os olhos ela mesma e falar coisas estranhas ao contrário.

E tem mais uma coisa: ela diz que sou mexicana. Sim, senhoras e senhores, segundo a mãe de Shelli, sou a amiga mexicana. Não faz diferença Shelli já ter explicado a ela um milhão de vezes que sou metade *romena*, e que mesmo assim nunca vejo meu pai. Não, senhora. Continuo sendo uma *señorita* da fronteira ao sul. Acho que para ela um imigrante é um imigrante, mas não é tão legal, porque Shelli precisou realmente implorar para continuar sendo minha amiga depois que a mãe dela descobriu minha origem. Não estou brincando. Shelli precisou implorar para a mãe esquisitona durante dias para poder ser amiga de uma mestiça como eu. A mãe dela literalmente disse, e eu repito: "Não quero filha minha andando por aí com uma *chicana*". Fecha aspas. Dá para acreditar nesse monte de bosta?

Mas Shelli é leal. Ela fez greve de fome até a mãe ceder. Ainda assim, não acho exatamente agradável estar por lá quando ela chega do trabalho.

Antes disso acontecer, no entanto, Shelli e eu temos toda uma tradição. Quando chegamos à casa dela, que fica no meio do caminho entre a escola e a minha casa, nos jogamos no sofá, comemos biscoito, tomamos chocolate quente, vemos MTV, lemos revistas e fofocamos sobre os caras de quem ela gosta. Provavelmente devíamos parar com os biscoitos, mas não se esqueça de que está começando a fazer frio, o que torna isso realmente impossível.

Mas hoje os biscoitos não vão acontecer. Depois que Becky foi embora com Brad Kline e o festival de atletas, Shelli e eu achamos que estávamos livres. Estávamos a cerca de cinco quarteirões da escola quando adivinha quem vem em sua lambreta?

...Logan McDonough.

Shelli olha para mim como se ele fosse dos Hells Angels.

— *O que a gente faz? O que a gente faz?*

— Aja naturalmente.

Ele para na esquina à nossa frente, então não é como se pudéssemos ignorá-lo. Ele tira o capacete e aperta os olhos.

— Quer dar uma volta?

Shelli e eu nos entreolhamos. Qual de nós?

— Você. Anika. — Em seguida ele repete meu nome, meio que para ele mesmo: — Anika.

Shelli me olha e sussurra:

— Hum. Que bizarro?

— Eu vou — sussurro de volta.

— Não, você não pode! — Agora Shelli está parecendo realmente assustada.

— Por quê?

— Você sabe por quê.

— Acha que vou arder no inferno?

— Não. Acho que Becky vai torturar você lentamente, e você sabe bem disso.

— Bem, é só você não contar a ela.
— Ela vai descobrir.
— Não vai, não.
— Ela com certeza vai descobrir.
— É só uma volta. Isso vai ser... nosso segredinho.

E com isso me afasto para subir na traseira da lambreta de Logan McDonough. Dá para acreditar? Ele também parece não estar acreditando. Fica me encarando como se nem em um milhão de anos pudesse imaginar que isso daria certo, mas também como se estivesse orgulhoso.

Olho de volta para Shelli.

Ela está em alguma espécie de estado catatônico. Eu aceno para ela. Mesmo querendo estar furiosa, sei que ela não consegue. Tem uma parte dela, não importa o quão pequena, que meio que está adorando isso. Drama!

Logan me passa seu capacete e dispara da esquina. Se eu contasse a você quantas vezes minha mãe já me deu sermão a respeito de subir na garupa de uma moto, você acharia que sou a pior filha do mundo por sequer pensar duas vezes. Mas aí você estaria esquecendo que (1) está frio, (2) estou a uns quatro quilômetros de casa, e (3) Logan parece ter subitamente, da noite para o dia, se transformado no cara daquele filme em preto e branco, aquele que se passa nas docas, com o cara da boca engraçada, dizendo: "Eu poderia ter sido alguém, ao invés do vagabundo que sou!". Ou naquele outro, que fica gritando "Stella!" o tempo todo.

onze

Você já atravessou o espaço, voando com a maior facilidade? Já testemunhou as árvores e o vento e as casas e todos os ruídos do mundo que já ouviu passarem zunindo por você, e, quando você se dá conta, é como se você pudesse ir zunindo até o sol poente e talvez até mesmo atravessá-lo? Subindo, subindo, subindo em direção ao céu cor de laranja e para longe desse planeta idiota com todo mundo falando ao mesmo tempo? Bem, foi assim a corrida com Logan até minha casa. Nós vamos voando e passando e voltando e circulando, zunindo por tudo e todos que importam e não importam. Minha mãe estava certa por me mandar nunca subir numa dessas coisas. Estou viciada.

Pobre mamãe. Ela tentou.

Quando chegamos à minha casa, o sol já está se escondendo atrás das árvores e tudo está ficando laranja, laranja e laranja. Logan parou a cerca de duas quadras da minha casa para minha mãe não me deixar de castigo até depois da faculdade. Se minhas irmãs idiotas estivessem em casa, elas me torturariam pelo resto da vida por isso e me chamariam de piranha. Em grande parte porque, sabe como é, diga-me com quem andas, e toda aquela coisa.

Desço da garupa da lambreta de Logan e fico esperando ele disparar na direção do pôr do sol, mas ele desce depois de mim.

— Te acompanho até a porta?

— O quê?! NÃO!

— Por que não?

— Tá brincando? Minhas irmãs vão encurralar você.

— Você tem irmãs?

— Ugh. Sim. Duas. E elas são superirritantes.

— Tenho dois irmãos mais novos. Mas eles estão mais para fofos, na verdade.

— Ah, também tenho dois irmãos. Mais velhos. Também não são tão ruins. Pelo menos me deixam em paz.

— Suas irmãs provavelmente só têm ciúmes. Sabe disso, não sabe?

— Sei lá. Só queria que elas me ignorassem ou algo assim.

Os raios do sol estão atravessando a copa das árvores, e estou morrendo de medo de alguém me ver. Talvez até mesmo Stacy Nolan. Isso, sim, seria uma boa virada de jogo.

— Sabe o que eu acho?

Logan está com um sorriso malicioso no rosto. Eu devia sair correndo, mas alguma coisa está fazendo meus pés ignorarem esse comando do meu cérebro.

— Acho você difícil de ignorar.
— Tsc. O que isso quer dizer?
— Acho você linda.
— Fala sério.

Ele sorri, e estou prestes a obedecer o comando do meu cérebro e sair em disparada, mas então acontece uma coisa. Uma coisa que não devia acontecer, e que não é o motivo pelo qual subi naquela moto. Não mesmo.

— Agora vou te beijar, e você vai gostar.

E ele beija. E eu gosto.

!

Bem ali, a duas quadras da minha casa, Logan McDonough oficialmente me dá meu primeiro beijo (sim, eu sei, atrasada), e eu não sei muito bem como é para ser, mesmo que eu tenha visto muitos filmes que poderiam servir de referência. Mas nada disso importa agora porque, essencialmente, estou tendo uma experiência extracorpórea onde não consigo, não consigo mesmo, acreditar que esteja acontecendo, mas não consigo parar, não quero parar de jeito nenhum nem pensar.

Antes que eu me dê conta, ou compreenda onde estou ou que ano é hoje, *anyway*, Logan se afasta e sorri para mim, como se o tempo todo ele soubesse que ia acontecer e estivesse feliz por agora eu saber também.

Ele inclina o capacete como se fosse um chapéu de cowboy.

— Boa viagem.

E em seguida o capacete está de volta em sua cabeça, e a lambreta está voando, e ele já está na metade da rua e fico ali sozinha parada, me perguntando que diabos acaba de acontecer. E pode ser que eu só tenha 15 anos e não saiba muito, tipo, talvez seja meio que verdade que eu não saiba muita coisa, mas de uma coisa eu sei:

Estou seriamente encrencada.

doze

Pedalando rápido, rápido, rápido, este é o momento. Este é o céu, indo de preto a roxo a cor-de-rosa, e agora o sol nascendo, e ainda não estou indo rápido o bastante. Não rápido o bastante para mudar.
 Pedalando rápido, rápido, rápido, este é o sol, subindo acima das árvores, e não há ninguém, ninguém nas ruas, ninguém nas calçadas, ninguém além de mim e a luz saindo do asfalto. Ninguém a quilômetros de distância, o universo inteiro prendendo a respiração em silêncio, mas na minha mente mil vozes, na minha cabeça, um coro, uma orquestra, um estádio.
 Pedalando rápido, rápido, rápido, este é o momento, e precisa haver uma maneira de mudá-lo, precisa haver uma maneira de fazer a Terra parar de rodar, precisa haver uma maneira.

treze

— Só quero que vocês saibam, contratei uma menina negra. Não fiquem com medo.

É fim de tarde no Bunza Hut, e o Sr. Baum dá essa notícia como se estivesse nos contando que o Apocalipse começou. Shelli e eu ficamos em silêncio ao lado da máquina de refrigerante.

— Por que teríamos medo?

Nada.

— O que ela vai fazer, comer a gente?

O Sr. Baum, e todos os outros adultos que conheço, parece realmente achar que essas coisas fazem algum tipo de diferença. Até os adultos inteligentes. É esquisito. E você nunca consegue fazê-los ter algum bom senso em relação ao assunto, porque é como se fosse importante para eles, ter alguma coisa na qual se segurar. *Alguém* em quem se segurar.

Geralmente acaba sendo só alguma coisa ridícula sobre a qual Shelli e eu rimos mais tarde, enquanto tomamos chocolate quente. Exceto quando não é engraçado. Exceto, por exemplo, em Omaha, quando esse garoto do outro lado do planeta que mal falava inglês e foi transferido para cá por algum programa de refugiados onde acho que ninguém estava realmente pensando direito. Ele estudou na Omaha Northeast por dois dias antes de levar uma surra e ter todos os ossos de seu corpo praticamente quebrados. Quando se recuperou, o que, graças a Deus aconteceu, o transferiram desse estado patético para algum lugar no leste. Você não acreditaria nas fotos que mostraram dele no jornal. Aquele rosto todo roxo e aqueles olhos. Deus, aquilo foi o pior. Olhar naqueles olhos. Era como se houvesse um "Por que eu?" marcado em cima de cada pálpebra. Fazia você se arrepiar.

Por isso preciso me manter quieta quanto às minhas raízes mestiças, o que, graças a Deus por Becky Vilhauer, consigo fazer. É para isso que ela mais serve. Me proteger de, diariamente, levar cusparadas no corredor da escola. Ou pior. De ter um rosto todo roxo e um "por que eu" escrito nas minhas pálpebras.

Mas agora a pessoa que, diariamente, *leva* cusparadas na escola entra no Bunza com a mãe, o pai e a irmã bebê.

Joel Soren. Ele é legal, e, só de olhar para ele, é difícil entender por que ele, em particular, foi escolhido para ser tão ridicularizado diariamente.

Começou com Becky, lógico. A coisa toda foi tão idiota. Ela pediu um pedaço de chiclete a ele, sabor melancia. Ele só tinha um e estava justamente o entregando a alguma líder de torcida. Tipo, ele estava literalmente dando o chiclete para a outra menina quando Becky o pediu.

Então Joel Soren a ignorou.

E não deu o chiclete a ela.

Então Joel Soren precisou pagar.

Ele paga com livros sendo arrancados de suas mãos. Ele paga tropeçando em pés propositalmente posicionados no corredor. Ele paga com rabiscos de "Nerd" ou "Supergay" ou "Bicha" no seu armário semana sim, semana não. Não que ele seja gay. E não que isso importe. Simplesmente escrevem. Os atletas. Becky não se dá nem o trabalho. A coisa toda ganhou vida própria, e ele simplesmente virou o saco de pancada de todo mundo graças a um mísero pedaço de chiclete de cinco centavos.

Nunca entendi o sentido disso.

Shelli me dá uma cotovelada quando Joel e sua família chegam ao caixa. Juro por Deus que ela só atendeu, tipo, três clientes nos oito meses em que trabalhamos aqui. Para ser sincera, acho que ela talvez tenha medo da caixa registradora. Ou talvez não saiba somar. Ela *é* cristã, afinal. Acho que eles não acreditam em matemática.

— Três número três com fritas e um lanche infantil para a pequena ali.

Olho por cima do balcão para a irmãzinha de Joel Soren. É uma loirinha de 3 anos, com grandes olhos azuis e uma chupeta cor-de-rosa gigante.

— Que gracinha! Qual o nome dela?
— Violet.
— Ah, que nome lindo.

Joel Soren não está nem olhando para mim. Está escondido atrás dos pais, fingindo olhar para a porta de vidro, que é tão interessante quanto um bloco de cimento. Sinto-me mal por ele. Será que acha que também vou cuspir nele? Será que acha que estou envolvida nessa humilhação constante?

Eu estou?

— Bem, obrigado. Ah, e três cocas, por favor.
— Sim, senhor. São nove dólares e cinquenta centavos.

Shelli fica afastada perto da máquina de sundae, e os Soren vão para seus lugares, uma mesa de família.

— Não se sente mal por ele? — pergunto a ela.
— É, mais ou menos — cochicha ela.
— É que, tipo, não parece injusto?

O Sr. Baum põe a cabeça para fora.

— Pedido pronto!

O pai de Joel vai até o balcão buscar a comida. Afinal, não é como se aqui fosse um lugar chique ou coisa parecida. No Bunza Hut é você que busca a própria comida.

Shelli ajeita o cabelo no reflexo da máquina de sundae.

Fico encarando a nuca de Joel.

— Vou até lá.
— Por quê?
— Sei lá. Só me sinto mal. E olha ele. Está superenvergonhado!

— É, mas o que você vai dizer?
— Não sei.
— Você é estranha.
— Cale a boca.

Shelli me dá um tapa de brincadeira.

— Para de dar em cima de mim no trabalho. Lésbica.
— Hmmm. Lésbicas...

Shelli realmente parece uma criança de 5 anos. Mas eu preferia ter de ficar ao seu lado em qualquer dia da semana do que do de Becky Vilhauer.

Vou até mesa dos Soren, jantando em família no Bunza Hut numa quinta-feira à noite, e Joel me olha como se quisesse se esconder debaixo da mesa e se transformar num mosquito.

— Olá, está tudo bem com a comida?
— Sim, obrigado — responde o pai. O homem da casa.

Estou tentando fazer contato visual com Joel. Sorrır ou alguma coisa assim.

— Que tal alguns refis?
— Ah, não, obrigado.
— E ketchup? Vocês querem ketchup?
— É... não. Estamos bem, obrigado.
— Mostarda?
— Acho que estamos bem de condimentos, obrigado.
— OK, bem... Aproveitem sua refeição e obrigada por virem ao Bunza Hut!

É, talvez isso não tenha dado muito certo. Acho que tudo que consegui foi irritar o pai.

Olha, eu só estava tentando fazer com que Joel Soren se sentisse como um ser humano uma vez na vida. Isto é, pode imaginar ir à escola todo dia para ser empurrado, ter seus livros derrubados?

Meu Deus. Becky nem controla mais a situação. Esse é o nível de seu poder. Ela simplesmente começou a bola de neve. E agora é uma avalanche. Com o pobre Joel Soren soterrado.

catorze

Meus pais têm a nítida impressão de que é impossível sair escondida do meu quarto. Engano! Posso entender porque eles acham isso. Se fosse qualquer outra pessoa, e não uma mente brilhante do crime como eu, vivendo nessa fortaleza, seria, realmente, impossível. Mas eis a verdade: eu escolhi este quarto especificamente porque parecia ser impossível. Essa foi minha segunda jogada. A minha primeira jogada foi me dar conta de que na verdade era possível.

Seja como for, esta noite será fácil porque todo mundo só está falando dessa coisa esquisita que aconteceu em Oklahoma. Um cara descobriu que a esposa, que trabalha no Kmart, estava transando com o chefe. Não é grande coisa, eu sei. Mas então o cara concluiu que a melhor coisa a fazer era ir ao Kmart, atirar no chefe dela, atirar na esposa e atirar em todas as pessoas que estavam lá e que não tinham nada a ver com aquilo para começo de conversa.

Ao todo foram seis pessoas mortas, incluindo o cara. Minha mãe não para de surtar por causa dessa história. Ela não está pensando claramente, na verdade, porque, se ela conseguisse somar dois mais dois, entenderia que, número um: o cara era de Oklahoma. Número dois: isso fica a dois estados daqui. E número três: nem existe Kmart em Lincoln; o mais perto fica em Omaha. Então, basicamente, se ela simplesmente analisasse os fatos por alguns segundos, poderia ficar mais tranquila, sabendo que coisas como essa simplesmente não acontecem por aqui.

Fiquei tentando colocar isso na cabeça de minha mãe a noite toda, mas ela cismou. Isto é, ela ficou assistindo ao noticiário como se tivesse acontecido o desastre de *Hindenburg* ou algo assim.

O que, no final das contas, é bom para mim. E para meu plano diabólico de sair escondida.

É assim que funciona: o quarto fica no segundo andar, e há duas janelas, cada uma um retângulo comprido com cerca de 75 centímetros. Agora, acrescente a isso o fato de que a janela dobra no meio... e você está falando de um espaço de cerca de 22 centímetros pelo qual passar. Além disso, não há nada em que se segurar. Mesmo que você consiga, de alguma maneira, magicamente se espremer por aquela fresta estreita... o que fazer depois, voar?

Mas há um porém. Sempre há. Existe um carvalho com um galho que chega a uns 70 centímetros da janela.

Então é assim que se faz: você diz a seus pais que quer dormir cedo a fim de descansar para aquela prova importante que tem no dia seguinte e que é imaginária, claro. Eles sorriem para você e se congratulam em silêncio por você ter se tornado uma pessoa tão boa e por eles terem feito um trabalho tão bom na sua criação.

Então você espera. Em algum momento eles vão para o quarto deles, na outra ponta do corredor. A luz da TV pode estar acesa, mas isso não significa nada. Aquela coisa pode ficar ligada a noite toda, até o século que vem, acredite em mim.

Depois que a porta deles já estiver fechada por cerca de uns quinze minutos, você veste qualquer que seja a roupa maluca com a qual eles não a deixariam sair caso você estivesse deixando a casa pela porta da frente. Exceto os sapatos, É preciso jogar seus sapatos no chão. Você vai precisar dos seus pé, confie em mim.

Então você abre a janela, joga seus sapatos na grama, inspira fundo e expira. Precisa se tornar o mais magra possível para passar por aquela fresta.

Em seguida, você põe os pés na cama e se estica até a janela, de modo que fique basicamente na pose do Super Homem voando, paralela ao chão.

Agora. Alcance a janela, estique-se o máximo possível e agarre o galho da árvore. Não tenha medo. Simplesmente agarre-o. Sim, sei que é estranho estar na pose do Super Homem, esticada como uma prancha para fora da janela, segurando num galho de árvore, mas funciona, confie em mim. Ok, agora certifique-

-se de que está segurando firme no galho e puxe puxe puxe o corpo até estar completamente fora da janela.

Certo, agora vem a parte difícil. Este é "o segredo". O que você precisa fazer agora é, basicamente, usar o impulso de ter saído da janela para alcançar com os pés o galho próximo mais baixo e se segurar nele feito um macaco. Se errar nessa etapa, você cai. E possivelmente morre. Mas tudo bem porque pelo menos assim não será obrigada a prestar vestibular.

Depois de executar este último passo do macaco, você está livre. Só precisa descer a árvore e *voilà*! Lá vai você para longe de suas irmãs chatas, que provavelmente estão no telefone batendo papo com caras que só querem transar com elas, passando pelo quarto dos seus irmãos, onde Robby provavelmente está vendo esporte em sua mini TV e Henry está com a cara enfiada em algum livro de química porque, se ele não for chamado para Harvard, ele morre.

Mas quem se importa, porque aqui fora você está livre!

Ok, eu admito: vou encontrar Logan esta noite. Não conte a ninguém. Shelli tem noção de que há alguma coisa acontecendo porque aquelas caronas de moto depois da escola estão se tornando cada vez mais frequentes e, para falar a verdade, cada vez mais superfantásticas. Agora que o outono realmente começou — e, assim que o sol começa a se pôr, os mamilos começam a congelar —, essas caronas de moto são meio que ótimas.

Não ficamos nos beijando o tempo todo, então pode ir limpando essa cabecinha. É mais tipo... ele passa zunindo, me pega, e, quando você vê, estamos voando colina acima e pelas casas, como se o mundo fosse nosso, mas não tivéssemos que falar sobre o assunto. Tipo, não precisamos falar sobre nada. E, às vezes, nos despedimos com um beijo sem realmente falar nada. E então ele me passa todo tipo de bilhete engraçadinho, furtivamente, no corredor entre as aulas, mas também não conversamos quando estamos na escola. Na verdade, há muita coisa sendo dita aqui. É meio como se fossemos espiões.

A questão é que Logan é muito mais inteligente que todos aqueles caras burros sem pescoço do time de futebol. Especialmente Chip Rider, de quem todo mundo fica dizendo que devo gostar senão vou morrer. O cara é um caipira! Ele acha que Chekhov é um personagem de *Jornada nas estrelas*. Quero dizer, tipo, se você chegasse para ele e dissesse: "Na verdade, sabe o Checkhov em quem você está pensando, o de *Jornada nas estrelas*? Bem, aquele cara provavelmente recebeu esse nome por causa do Chekhov mais importante, um dramaturgo superfamoso, e basicamente o Shakespeare da Rússia". Se você dissesse isso, ele ia ficar te olhando sem expressão, e depois os dentes cairiam da boca.

Enquanto isso, Logan provavelmente escreveu cinco peças em segredo que obviamente são brilhantes, mas ninguém jamais vai saber, porque elas estão escondidas em seu fichário.

Como tudo em que vocês conseguem pensar é em beijar, aí vai uma informação interessante: Logan beija muito bem. Não que eu já tenha beijado muitos caras antes. E por "muitos caras", quero dizer "um". Mas já vi muitos filmes e acho que entendo o básico. Além disso, e posso estar errada, acho que há uma relação direta entre o quanto você gosta de alguém e o quanto você gosta de beijá-lo.

Por exemplo, se Chip Rider tivesse o melhor beijo do universo, fosse campeão mundial de beijo cinco vezes seguidas e me beijasse... aposto que eu não gostaria tanto quanto gosto de beijar Logan. Viu? É a minha teoria. Ainda não a testei, entretanto. E não posso perguntar a Shelli porque, bem, em primeiro lugar, ela transa com qualquer coisa que se mexa e, em segundo lugar, se eu perguntar, ela vai descobrir que Logan é mais do que uma carona de lambreta. Becky está fora de cogitação por motivos óbvios. E, é claro, não posso perguntar às minhas irmãs más porque elas iriam me atormentar sem parar, me provocar, me derrubar, me prender contra o chão e por fim cuspir em mim. Eu sei. Elas são totalmente péssimas.

Henry também não saberia, porque a única garota que ele já beijou foi a Princesa Leia, em seus sonhos, e, possivelmente, as garotas de maiô nas revistas de esportes que lê. Já Robby, por outro lado, provavelmente já beijou algumas garotas, mas estou bastante certa de que não há nenhuma informação útil que ele possa me dar nesse quesito, considerando que ele é um garoto e eu sou uma garota. Ele provavelmente vai só dizer algo tipo: "É, beijar te deixa excitado."

Enfim, está bem frio aqui fora. Ainda não nevou, mas esta noite a grama está congelada e dá para ver a respiração condensada no ar. Nada disso me impediu de usar uma roupa nada apropriada à temperatura, e sim, estou de minissaia. Mas estou acostumada com o frio e, de qualquer maneira, vesti meia-calça. Além disso, calcei meias térmicas antes das botas de modo que, quando encontrar com Logan, só estarei morrendo congelada pela metade.

Ele disse que tem uma surpresa para mim, e eu sei que isso é o tipo de coisa que serial killers dizem antes de arrastar a gente para algum buraco em seus porões e começar a nos vestir como a mãe deles antes de nos estrangular. Mas, considerando que já andamos de moto mais de trinta vezes depois da escola e que em nenhuma delas ele perguntou se podia tirar um pedaço do meu couro cabeludo para fazer uma boina, acho que estou segura.

Além disso, esta é uma daquelas noites em que eu realmente queria irritar o cara. E por cara, refiro-me ao Conde Drácula. É que, tipo, meu pai está irritado porque vou tirar B em Educação Física, mas eu vou explicar por quê. Toda vez que a gente precisa fazer alguma coisa grande, como correr 500 metros, ou escalar, ou pular de lugares altos, toda vez, como um relógio suíço, é um dia em que estou menstruada. E nem é um dia mais fraco como o quarto ou o quinto dia, e sim tipo o primeiro ou o segundo, quando parece que a gente devia estar numa emergência de hospital.

Isto é, quem quer correr 500 metros quando está sangrando como um porco e parece que está levando socos nas costas?

E as cordas? Esqueça. Consegue sequer imaginar?! Teve uma garota na oitava série, Carla Lott, que menstruou pela primeira vez quando estava usando short branco, vazou e todo mundo soube. Todo mundo. Desde então ela foi para sempre Carla Vermelhão. Durante *anos*.

E vou dizer mais uma coisa. Toda garota, todas as garotas que você já conheceu na vida, morrem de medo, MORREM de medo de isso acontecer com elas. Todas. Até Becky. Não é justo. Os garotos não passam por nada do tipo. Isto é, se houvesse justiça nesse mundo, você não seria obrigada a ir à escola durante o período menstrual. Você ficaria em casa cinco dias, comendo chocolate e chorando.

Enfim. A questão é que o Conde Drácula vai ligar a qualquer momento, supercedo, tipo seis da manhã, e me explicar que tirar A é melhor que tirar B, e que, se eu quero sair dessa cidade caipira e estudar numa boa faculdade na costa leste, preciso tirar A em tudo, sem exceções, sem desculpas. Se eu não quiser, então obviamente vou terminar sendo uma completa perdedora, descalça e grávida, e casada com um cara qualquer chamado Cletus, morando no meio do nada, com todas as minhas esperanças e meus sonhos destruídos.

Como minha mãe.

Ele não diz essa última parte, mas é o que ele quer dizer. Acredite em mim.

Então esta noite é hora de ligar o *foda-se*.

Estou a umas duas quadras do lago Holmes quando vejo Logan parado com a lambreta atrás de um salgueiro. Ele ainda não me viu, então consigo dar uma boa examinada e decidir se ainda gosto dele, apesar do fato de que, se alguém descobrir a respeito de nosso tórrido romance, serei deposta, entrarei na lista negra e me verei banida.

Estou tentando tanto não gostar dele. Seria tão mais fácil não gostar dele.

Mas, infelizmente, ele não está tornando isso fácil para mim, porque está sentado ali, com seu cabelo castanho, parecendo um anjo caído, bonito-mas-sujo--mas-durão-mas-de-coração-partido-mas-sério-mas--reservado ou algo do tipo. Quero dizer, ele poderia até ter uma trilha sonora. Algo sombrio. Com muito teclado. E alguns violinos.

Ugh.

Por que ele não pode ser um imbecil?

Ando na direção dele, e Logan me vê.

— Pronta para uma noite de coisas diferentes e espontâneas e especiais?

Essa é a outra coisa difícil de parar de gostar em Logan. Ele não diz as coisas como os outros dizem, ou talvez nem sequer pense nas coisas como os outros pensam. Tipo, se fosse Chip Rider, ele estaria falando, tipo: "Oi, sua gostosa!"

Mas aqui está Logan, agora de pé, em toda sua glória mal compreendida e complicada, com frases diferentes e pensamentos ainda mais cool por trás delas.

Realmente não aguento.

Subo na garupa de Logan, e, de repente, estamos voando junto ao lago Holmes, descendo descendo descendo ao sul, passando pelos arredores da cidade até esse esquisito minimundo de casas novas semiconstruídas. Há um desvio com uma placa escrita em letra cursiva, como num rótulo de vinho, dizendo "Hollow Valley". Pegamos o desvio, e lá dentro as casas do conjunto habitacional têm três vezes o tamanho das do meu quarteirão. Elas são maiores até que as de Sheridan, onde o prefeito morava.

Esses lugares são, tipo, novos, mas estão realmente tentando parecer antigos, com diversas torres e janelas em arcos e ferragens e coisas do tipo. Mas também é como se você pudesse derrubá-las facilmente, como se elas fossem um cenário de filme ou algo assim.

Estão todas prontas pela metade ou quase prontas ou têm apenas a estrutura, mas ali, no final de uma rua chamada Glenmanor Way, há uma monstruosidade de três andares pronta para ser vista em close.

E é para lá que estamos indo.

Logan para na entrada da garagem, nem tentando se esconder nem nada, desliga o motor e desce.

— Lar doce lar.

— Você está brincando, né?

— Mais ou menos.

Ele sobe o caminho de pedras na frente das gigantescas portas duplas e começa a mexer em seus bolsos, franzindo a boca.

— É o novo brinquedo do meu pai. Seu último investimento. Essa é a demo.

— Demo?

Ele finalmente tira a chave de seu bolso, e então estamos num enorme hall de entrada de mármore falso, decorado com plantas falsas e tudo.

— É tipo uma casa-modelo — explica ele. — Assim, quando forem vender as outras casas, as pessoas podem conhecer isso aqui e suspirar e arfar até assinarem o cheque e estourarem o champanhe.

Preciso admitir que, apesar de tudo aqui ser cem por cento superfalso, é legal. Tipo tão legal que minha mãe provavelmente surtaria e começaria a esbarrar nos móveis ou coisa assim. Tem até uvas de mentira num prato de frutas e uma garrafa de champanhe de mentira gelando num balde.

Logan nota que eu olho o champanhe demo e lê meus pensamentos.

— Tem cerveja na geladeira, porque meu pai gosta de deixar os clientes relaxados se ele perceber que vão gostar. Especialmente se forem homens. Você sabe, *papo de homem*.

No meio da casa há um espaço enorme que pode ser visto do segundo andar, e uma lareira com plantas falsas de cada lado.

— Essa é a melhor parte.

Ele vai até a lareira e pronto: fogo aceso imediatamente.

— Uau! Que fácil.

— É, acho que é um dos maiores argumentos de venda.

Ele me passa uma cerveja, uma garrafa verde alemã de rótulo branco, e explica:

— Meu pai gosta de classe.

Aceito a cerveja, e brindamos com nossas garrafas.

— O seu pai é... uhm... Classudo?

Com isso Logan cospe a cerveja no tapete todo. É difícil não rir.

— Uau! Uma cusparada a longa distância.

Logan limpa o queixo.

— Meu pai está tão longe de ser classudo. Ele é tipo um vendedor de carros usados vestindo um terno caro.

— Ah, isso não é legal.

— Ele não é legal.

Silêncio.

— Ele vai nessas supostas viagens de pesca e transa com tudo que se mexe e volta com alguma lembrancinha idiota, esperando que acreditemos.

— Sério?

— Sério.

— Que droga.

— Eu sei. E minha mãe cai direitinho. Meus irmãos mais novos também. É tão podre.

— Bem, e como você sabe?

— Se eu te contar, você vai ficar com muito nojo.

— Ok, bem, agora você vai ser obrigado a me contar.

Estamos sentados no sofá demo, um sofá em L de camurça falsa na frente da lareira.

— Ok, então um dia ele me disse que queria ir pescar *comigo*. Um lance tipo pai e filho, e então fomos juntos para Madison, Wisconsin, nessa grande viagem para nos *aproximarmos*.

— E?

— Então, no primeiro dia no barco, ele vem com um: "Tem alguém que quero que você conheça", e, quando me dou conta, tem uma vagabunda atrás dele, entrando no barco. De salto alto. Salto alto, num barco! Foi tipo, humilhante.

Faço uma lembrete mental sobre o que é apropriado ou não calçar num barco.

— Está falando sério? — pergunto.

— Sim.

— Mas, tipo, ele não achou que você fosse se importar com o fato de ele estar sendo infiel?

— Acho que não.

— Ele não achou que você fosse ligar *pela sua mãe*?

— Não. Foi tipo "nós somos homens" ou algo assim.

— Isso é tão nojento.

— Eu avisei.

Fico em silêncio. Seriamente estupefata.

— Que babaca!

— Eu sei.

— Você contou para sua mãe?

Logan dá um longo suspiro e, por alguns instantes, apenas bebe sua cerveja.

— Não. Sou podre. Não consigo. Não sei o que dizer. Ia tipo, acabar com ela, sabe?

— Sério?

— É, tipo, ela é bem frágil e meio que ama meu pai e tem medo dele de certa forma.

Paramos de falar, e agora tudo faz sentido: a moto nova, o armário novo, tudo novo, do pai de Logan para ele.

É tudo suborno.

Uma coisa que Logan falou fica se repetindo na minha cabeça.

— Por que você acha que ela tem medo dele?

— Eu não sei. — Ele fica calado por algum tempo. — Ele só é meio estranho, sabe, tipo, não consegue ficar parado ou algo assim. Tipo, não podemos sair para jantar sem ele ficar olhando ao redor mil vezes. E tudo que ele faz é se gabar. Das coisas que compra para minha mãe. Dos lugares onde janta. Como se devêssemos todos ser muito gratos. E, quando não estamos nos desdobrando para puxar seu saco, ele fica meio que... sei lá.

Logan e eu ficamos sentados olhando para o fogo por um minuto. Acho que ambos temos pais ruins. Talvez todo mundo tenha. Ia ser uma descoberta. Talvez as mães solteiras que deixam todo mundo tão embasbacado tenham seus motivos.

Penso na minha mãe, com aquele ogro roncando ao lado dela, e estremeço. De verdade.

Mas pelo menos ele não sai transando por aí. A única coisa com a qual o ogro trai minha mãe é com suas batatas fritas.

— Sabe, Anika. Se for esquisito demais estar aqui, eu entendo. Quero dizer, essa é meio que uma casa falsa ou algo assim. Bem, é exatamente uma casa falsa, na verdade. Algumas pessoas podem achar isso meio... bizarro?

— Não. Não, não é bizarro. Estou feliz por estarmos aqui.

— Está?

— Estou. Quero dizer, eu fugi de casa, não fugi?

Bebemos nossa cerveja e continuamos olhando para o fogo.

Silêncio.

— Você é tipo a menina mais linda que já vi na vida.

Ele solta isso do nada. Não consigo evitar e perco o ar, surpresa. Ele cobre o rosto com as mãos.

— Ah, meu Deus, não acredito que acabei de dizer isso. Sou tão ridículo. Por favor, não vá embora.

Me recomponho.

— Tsc. Por quê? Por que eu iria embora? — Balanço minha garrafa pela metade para ele. — Achei esse lugar aqui meio que o melhor bar da cidade. Certamente é o mais barato.

Ele sorri.

— Tá bom.

— Além disso é... Ninguém nunca disse nada assim para mim antes.

— Mentira.

Dou de ombros.

— Não acredito em você.

— Mas, bem, é a verdade. Mas como assim? Você acha que as pessoas saem por aí dizendo a outras pessoas que elas são lindas o tempo todo?

— Não outras pessoas. Você. Acho que as pessoas dizem isso a você todo dia.

— É... Não. Elas dizem a Becky...

— Ela é uma piranha.

— Epa!

— Ela é.

É difícil não sorrir com isso. Que sacrilégio.

— Qual é, você não acha que sua querida amiga Becky é um velociraptor disfarçado? Quero dizer, ela é completamente sociopata.

— É... Vou apelar para o direito de ficar calada.

— Ela é. Você sabe que ela é.

Estamos os dois sorrindo agora.

— Ande, admita.

— Jamais.

Tem alguma coisa no ar entre a gente. Como um truque de mágica.

— Bem... acho... acho que devia levar você para casa agora.

— O quê?

— Eu devia levar você para casa. Não quero que arrume problemas.

— Você não vai tentar me molestar ou algo do tipo?

— O quê?! Não! Você é maluca, sabe disso, não sabe?

— Só achei que seria meio engraçado.

— Engraçado?!

— Ok, ok. Eu não ia deixar, de qualquer maneira.

— Bem, você não deixar não seria exatamente a definição de molestar alguém?

— Esquece o que eu disse, seu esquisito.

— Você é a esquisita.

— Não sou, não.

— É, sim. Você é a esquisita sexualmente degenerada.

Agora a almofada demo do sofá é atirada no rosto dele. E, naturalmente, ele a atira de volta.

Não quero subir na sua lambreta e voltar para casa. Não quero sair por estas enormes portas demo. Não quero fazer nada que faça até mesmo o mais minúsculo átomo desta sala mudar. Só quero *isso isso isso*.

quinze

—Anika, Shelli, quero que conheçam Tiffany. — Em seguida ele cochicha: — A menina negra.

Shelli e eu ficamos paradas ao lado da máquina de sundae do Bunza Hut enquanto a pobre Tiffany, magricela e incrivelmente tímida, segue o Sr. Baum até o balcão da frente.

— Oi.

— Oi.

O Sr. Baum abre um enorme sorriso falso. Ele parece seriamente perturbado.

— Você fica muuuito melhor nesse uniforme do que eu. — Não sei o que dizer, então só falo isso. Mas é verdade. Camisa polo amarela e short verde não é um visual exatamente favorável. Vamos ser sinceros. Pareço uma lata de 7UP. Mas essa garota? Ela meio que está arrasando.

— Ah... obrigada.

Ela está arrasando do jeito mais dolorosamente tímido possível.

— Bem, Anika, estou contando com você para mostrar a ela como funcionam as coisas por aqui!

— Sim, Sr. Baum.

É claro que ele nem olha para Shelli. Acho que ela não vai mostrar o funcionamento de coisa nenhuma por aqui tão cedo.

— Anika, se importa se eu falar com você em particular?

— É... está bem.

O Sr. Baum me guia até a sala dos fundos; na verdade está mais para um closet cheio de Post-its por todos os lados. Central da diretoria.

— Anika, sei que provavelmente você não está feliz com esta situação. Por motivos óbvios.

— Sério? Tipo o quê?

— Você sabe.

— Você sabe o quê?

— Porque...

— Porque o quê?

— Porque ela é... de cor.

— De *cor*?

— Sim, Anika. E preciso de você ali para se certificar de que ela entende... os conceitos.

— Os conceitos?

— Sim.

— O que, tipo, se você comprar um combo especial, vai pagar cinquenta centavos a menos?

— Exatamente.

— Ua! É...

— Olha, preciso de alguém ali que seja esperto. Você é boa aluna, tem notas máximas...

— Por acidente. Só tiro notas máximas porque, se eu não tirar, meu pai não vai me amar.

— Isso é verdade, Anika?

— Basicamente.

— Bem, eu gostaria de conversar com ele um dia.

— O senhor precisaria ligar para a Romênia, ou Princeton. Ele fica entre um lugar e outro... É meio difícil saber onde ele está, na verdade.

Silêncio.

— Por que não pede a Shelli para ensiná-la?

— Sem essa. Shelli é uma cabeça oca — retruca o Sr. Baum.

— Então, Shelli é uma cabeça oca, Tiffany é de cor. Puxa. Eu sou romena, sabe? Qual é a coisa estranha que o senhor pensa a meu respeito?

— É possível que você seja uma vampira.

— Sr. Baum, não me importo de ajudar. Mas falando sério, acho que talvez o senhor devesse dar uma chance a essa garota.

— Estou dando uma chance a ela. Eu a contratei, não contratei?

Pobre homem.

Ele não faz ideia. Estou roubando o lucro dele.

E o envenenando.

Mas, em minha defesa, acho que essa conversa meio que prova que ele merece.

Graças a Deus, a noite foi pouco movimentada e saímos cedo. No carro a caminho de casa com minha mãe, não consigo parar de pensar em Tiffany e em como o Sr. Baum é burro. Não parece justo ele pensar todas essas coisas horríveis só de olhar, e, enquanto isso, ela ser apenas uma coisinha magricela que provavelmente precisa muito de um emprego. Sei que dizem que é assim que as coisas são e tudo o mais. Mas, antes de tudo, não podemos deixar de nos perguntar por que elas ficaram assim.

Paramos no posto de gasolina da 76.

— Mãe, por que nós não vamos à igreja?

— Ah, querida, lá só tem um monte de maluco.

— Bem, a mãe de Shelli vai sempre.

— Olha, se quiser, pode ir, mas quando começarem a brandir aquela Bíblia, falando sobre o que é certo e o que é errado, quem é mau e quem é bom, quem vai para o céu e quem vai queimar no inferno, talvez você vá querer procurar as saídas de emergência.

Ponto pra ela.

— Se quer conversar com Deus, tudo que precisa fazer é unir as mãos e rezar.

Ponto pra ela.

— Considerando que ele está por toda parte e tudo mais. — Então ela continua, mais para si mesma do que para mim: — Na igreja só tem um monte de hipócritas. Lá sentados, julgando o tempo todo.

Ponto pra ela.

— Nunca julgue um livro pela capa.

Ponto pra ela.

Ela dá uma piscadela. Minha mãe é meio esquisita, mas não consigo deixar de sorrir.

— É melhor eu encher o tanque. Você fique aí.

Ela sai do carro e bate a porta.

dezesseis

Hoje é um daqueles dias bobos em que não há nada realmente errado, mas também não há nada realmente certo, quando o céu não consegue se decidir se vai ficar branco ou cinza. É segunda-feira, claro, o que também torna tudo mais idiota. E não sei por que, mas estou com essa sensação de pavor, ou depressão, ou alguma outra palavra dessas que faz você querer engatinhar até a cama e se cobrir até a cabeça com o cobertor.

Há algumas coisas positivas. Por exemplo, consegui evitar Becky a manhã toda. Tirei A no meu teste de biologia. E, segundo o cardápio do refeitório, teremos cupcakes.

Mas, tirando isso, a coisa toda parece monótona e sem sentido.

Além disso, Logan não passou no horário de sempre para fingirmos que não nos conhecemos e que não somos espiões secretos loucamente apaixonados ou coisa do tipo.

Meio irritante.

Neste momento estou na única sala legal da escola, onde temos aulas de artes. Eles construíram esse anexo bem depois de terem construído a escola, com a ajuda de alguém que de fato parecia se importar com a aparência das coisas... Luz natural, inclinação do teto e, no geral, a criação de um ambiente onde um bando de adolescentes artísticos não teria vontade de se jogar da ponte mais próxima.

Verdade seja dita, deu certo. Quando você entra na sala, de fato tem a sensação de que algo vagamente interessante poderia acontecer ali.

Mas também pode ser porque nosso professor esteja chapado.

Sabia que existe uma coisa chamada maconha? É, você fuma e, de repente, seus cabelos ficam compridos e você come Cheetos e escuta Pink Floyd até sua mãe bater na sua porta mandando você limpar o quarto ou pelo menos lavar o cabelo, ou possivelmente pensar em fazer alguma coisa da vida.

Não há nenhuma dúvida de que o professor de artes maconheiro tinha outros planos.

Sei que eu devia saber o nome dele à essa altura, mas não consigo me lembrar e isso é provavelmente porque nem ele se lembra do próprio nome.

Aposto que ele achava que, quando crescesse, estaria atravessando o país de moto, como Che Guevara ou Jack Kerouac ou alguém do tipo, mas até hoje seus hábitos de maconheiro apenas o levaram a ficar ensinando um monte de adolescentes mal-humorados a pintar árvores.

Foi para isso que os anos 1960 serviram, penso. Transformar todo mundo em perdedor. E também para fazer todos usarem sandálias com meias.

Sempre que pessoas velhas disserem "você tinha que ter estado lá" e que "os anos sessenta eram joia" ou tanto faz, lembre-se das palavras de minha mãe: "Ah, querida, a maioria dessas pessoas era simplesmente idiota. Ovelhas, seguindo o rebanho. Lembre-se disso. Sempre que notar todos indo numa direção, faça um favor a si mesma e siga a direção contrária".

Mas neste momento estamos na aula, aprendendo sobre o lendário ícone da pop art, Andy Warhol. Estou criando uma obra-prima envolvendo uma série de sorvetes de casquinha idênticos em repetição perfeita, com diferentes cores de sorvete. O professor chapado está impressionado, então é evidente que, depois da formatura, vou fugir para Nova York usando boina.

Toda essa excitante coisa artística da aula de artes é interrompida abruptamente quando o alarme de incêndio é disparado, e, quando me dou conta, estamos todos correndo porta afora.

Do lado de fora, no gramado, somos a única turma agrupada porque o lugar onde estávamos é separado do resto da escola. Está congelando, mas todo mundo parece eufórico pela novidade de estar fora da escola. FORA! NO MEIO DO DIA! Não importa o fato de que estávamos aqui fora há, tipo, duas horas.

Cerca de quinze minutos de euforia resultando em divertimento resultando em tédio, somos devidamente levados de volta para dentro, e não há nada realmente a relatar.

Porém.

Lembram-se da minha pop art de sorvete da qual eu falava?

Bem, ela foi substituída.

Bem, na verdade não substituída, apenas colocada de lado.

Para dar lugar a um trabalho melhor.

Eu sei. Você está louco para saber o quê.

Você e todo o resto da classe. Incluindo o professor de artes maconheiro, que acredito ter acabado de fumar mais.

Eis o que neste momento está honrando meu cavalete: imagine, se for capaz, uma pintura feita de branco, tinta a óleo, pedaços de espelho, mais vidro, mais branco, até pedaços de jornais e revistas pintados de branco. Tudo isso está na tela. Então, quando você olha de primeira, meio que parece um monte de coisas brancas capturando a luz e refletindo, e é meio que ofuscante.

Mas então, olhando mais de perto, você vê o que as imagens realmente formam. Os espelhos e os vidros e o jornal pintado e a tinta a óleo se unem, criando uma imagem, uma imagem muito esmaecida, de uma garota. De uma garota de maçãs do rosto angulosas e mandíbula quadrada, como a de um garoto, e lápis

de olho roxo e cabelos loiros platinados e olhos azuis-
-acinzentados, que meio que se parece...

— É você!

— A exclamação vem da seção dos metaleiros.

— Ei, Anika! É você!

— Totalmente!

— Você que fez isso?

E agora estão todos me olhando. E agora estou apenas balançando a cabeça. Porque, tipo, o que é que eu deveria dizer? (1) Não sou tão talentosa, e (2) aham, fui eu que fiz enquanto estávamos juntos lá fora congelando... telepaticamente.

Agora lá vem o professor de arte maconheiro.

— Hum. Isso é realmente meio interessante... Materiais misturados. Monocromático. E, no entanto, tem algo quase frenético nele, meio que como um Jean Dubuffet...

Uau! Acho que o professor maconheiro de artes leu mesmo alguns livros entre um baseado e outro.

E agora ele se volta para mim.

— Bem, Anika, parece que você tem um admirador secreto... E um bastante talentoso, aliás.

Faço uma prece em silêncio, agradecendo a Deus por Becky não estar aqui. Se ela estivesse, haveria uma punição veloz e imediata. Tanto por ser a inspiração para esse tributo, quanto pelo tributo ser, tenho certeza, feito de lixo aos olhos de Becky.

Só que isso não é lixo.

E quando penso na maneira diabólica com que seu autor armou sua entrega, sinto aquela mágica no ar. Eletricidade. Como se tivesse algum fio desencapado por perto.

Ninguém sabe o nome do artista.

Mas eu sei o nome do artista.

Eu sorrio.

Logan.

dezessete

Sei que você deve estar pensando que Shelli transa com todos esses caras porque está apaixonada por eles, mas o curioso é que não acho que seja por esse motivo. Acho que ela só faz isso para passar tempo com eles. Tipo, eles estão sempre juntos e ficam o tempo todo se perguntando quem será que vai conseguir transar com ela. Então ela meio que fica o tempo todo cercada de atenção enquanto eles esperam ser o escolhido. Ela transa com um deles e, depois, simplesmente o abandona, tipo ela nem dá tchau ou um beijo, nem nada assim. Ela simplesmente dá o fora, como se a casa estivesse pegando fogo, e nunca mais fala com o infeliz. Jamais. Não liga. Não escreve. Não persegue.

E o pior é que isso faz eles gostarem ainda mais dela. Tipo, ela simplesmente faz esse sexo incrível e sexy, os larga, e de repente eles estão *apaixonados* por ela.

Preciso dar o braço a torcer, é meio que genial.

Sei que eu não conseguiria. Especialmente porque tenho pavor de pegar alguma doença nojenta. Com esses caras, nunca se sabe. Alguns parecem recém-saídos de um centro de detenção para delinquentes juvenis. Não sei como Shelli consegue mantê-los na linha, porque todos ficam tentando tocar nela — o tempo todo.

A mãe cristã racista e esquisita de Shelli a fez trabalhar no Bunza Hut para que ela ficasse longe de problemas. A ironia não me passou despercebida, considerando que estou rapidamente transformando-a numa sabotadora de primeira classe.

Mas ela não poderá ir à festa de aniversário de Brad Kline esta noite porque a mãe subitamente resolveu que ela precisa ficar em casa e ler a Bíblia ou algo assim.

Qualquer dia desses a mãe dela vai ser levada para o hospício, juro por Deus. A mulher obriga Shelli a queimar seu cabelo depois que ele é cortado para ninguém poder jogar um feitiço nela. Estou falando sério. É esse o nível de loucura do qual estamos falando aqui.

Então esta noite seremos apenas eu e Becky, o que poderia parecer tortura se não fossem dois fatores importantes:

Número um, Becky se comporta completamente diferente quando está numa festa. É como se ela imitasse todas aquelas garotas dos filmes adolescentes e seu objetivo fosse ser a mais animada da festa, a bela do baile, a mais brilhante de todas, a mais superfeliz! Sendo assim, ela fica ingerindo gelatina de vodca e sorrindo e agindo como se fosse a menina mais maneira, legal e gostosa dos Estados Unidos da América.

Eu sei. É surpreendente. Mas até mesmo Darth Vader tem alguns botões vermelhos.

Por mais que eu normalmente deseje que Becky seja engolida pelo ralo da pia mais próxima, o fato é que, quando ela está desse jeito, você não consegue desgostar dela. A garota fica encantadora e engraçada e anima a festa e leva você na aba e faz você cantar em voz alta as músicas mais bregas e rir como se ninguém estivesse olhando.

Isso solidifica sua reputação de Número Um, a Superfantástica Becky Vilhauer de quem todo mundo PRECISA ficar perto — e de quem todo mundo simplesmente PRECISA ser amigo.

Eu não conseguiria manter uma corte assim. Eu estragaria tudo completamente. Mas Becky tem aquele algo a mais. É que ela só usa esse algo em ocasiões especiais. E esta, meus amigos, é uma ocasião muito especial.

E esse é o segundo fator.

A festa é na casa de Brad Kline. Isso significa que uma visão de Jared Kline é iminente.

Sim, *O* Jared Kline.

Juro que todas as garotas no local estão só esperando para ver se conseguirão dar uma espiadinha no Mais Maravilhoso, e talvez, apenas talvez, conseguir falar com ele. Ou até mesmo chupá-lo. Isso é tipo um objetivo.

Eu sei. É difícil acreditar que o cara seja tamanha espécie de rockstar. Mas ele é. É épico.

Até eu, com meu desdém por toda a humanidade, não resisto a uma espiada em Jared Kline. Não estou na fila para ser deflorada por ele, como todas essas outras garotas... mas... não me importo em olhar. É meio que como ver a silhueta de Jesus numa torrada ou coisa assim.

Os Kline moram nessa enorme casa estilo Tudor, na Sheridon Boulevard, que faz parecer que eles deviam estar vendendo chocolates na Bavária. E, é claro, Becky está aqui porque Brad Kline é seu namorado. Mas há um sério problema com esse relacionamento no momento, e é por isso que Becky está no quarto dos fundos, neste instante, transando com o irmão de Brad.

Como eu disse, ninguém consegue resistir a Jared Kline.

Nem mesmo Becky.

Meu trabalho no momento é ter certeza de que ninguém, especialmente Brad Kline, chegue nem perto do quarto dos fundos. Não é tarefa fácil, mas alguém precisa fazê-lo, e, considerando que Shelli provavelmente está em casa recitando o Novo Testamento com sua mamãe louca, tal tarefa foi designada a essa que vos fala.

Dizer que tem muita gente vomitando nessa festa seria um eufemismo. Felizmente para mim, os dois banheiros do andar de cima são perto da escada, então só preciso ficar aqui e cambalear como se estivesse bêbada, mas sem muita pressa de ir a lugar algum, enquanto Becky entra no hall da fama por transar com os irmãos Kline. Espero que haja uma camisinha envolvida. Seria um teste de DNA complicado se algo desse errado...

Na maior parte do tempo, fico apenas desejando que Logan pudesse aparecer magicamente na janela, possivelmente na forma de morcego, para podermos então voar para alguma montanha escura e assustadora, onde ele precisaria transar comigo só para eu parar de chorar.

Mas isso não parece prestes a acontecer.

O que está acontecendo, neste mesmo instante, é bem pior. Brad Kline está subindo as escadas embriagado, procurando sua namorada que está a 3 metros de distância, na cama com o irmão dele.

O que fazer? O que fazer?

Brad Kline é capitão do time de futebol, então fazê-lo tropeçar e cair da escada pode na verdade acabar com as chances do time da escola chegar ao campeonato estadual. Um evento assim seria a coisa mais parecida com um holocausto nuclear por essas bandas, atingindo particularmente os pais frustrados de todo mundo, que vivem através dos filhos. Portanto, tal gesto provavelmente me enviaria a uma prisão de segurança máxima, onde eu seria constantemente violentada por garotas com apelidos tipo Espeto.

Sendo assim, não posso derrubá-lo.

Além disso, é aniversário dele.

Agora Brad está cambaleando diretamente na minha direção, prestes a entrar naquele quarto, e, senhoras e senhores, isso não seria bonito. Ou talvez fosse ser apenas pornográfico. Mas não importa o que, provavelmente vai provocar uma briga até a morte estilo Caim e Abel, com direito a facas, espadas, ou talvez apenas socos. Os dois estiveram na equipe de luta greco-romana em algum momento, então há uma boa chance de isso resultar numa confusão, seja lá o que vai acontecer.

Antes de conseguir pensar, pego Brad Kline pela camisa, o atiro contra a parede e enfio minha língua dentro da sua garganta, como se eu fosse uma ninfomaníaca abstinente, recém-chegada de uma ilha onde só havia sapos. Brad fica completamente confuso com isso, mas não tão confuso a ponto de não conseguir me beijar de volta. É aqui que eu gostaria de declarar que Brad Kline beija terrivelmente mal. Realmente é como se a língua dele fosse um lagarto tentando desesperadamente comer tudo que existe dentro da minha boca e em seguida escorregar pela minha goela abaixo. Que nojo!

Ocorre a mim, durante este beijo-lagarto, que o tiro poderia sair pela culatra de um jeito bem feio, e que Becky poderia ficar realmente furiosa comigo por proteger sua face piranha, que transava com o irmão de Brad no quarto dos fundos.

Então, e agora?

É aqui que decido que o melhor a fazer é desmaiar. O que faço. E como. É, pessoal, é oficial. Estou agora deitada no chão, como se alguém tivesse me dado uma martelada na cabeça.

Caos. Anarquia.

Sapos caindo do céu.

De repente o grande drama da festa é que Anika, segunda melhor amiga de Becky, está desmaiada e, ai meu Deus, e se ela não acordar, ouvimos dizer que ela é vampira mesmo e que talvez agora seja parte dos mortos-vivos!

Agora todos também estão dizendo que deviam chamar uma ambulância, não, não devemos chamar uma ambulância, sim, precisamos chamar uma ambulância, não, não podemos, podemos, não podemos.

Se eu abrisse os olhos, o que quero tanto fazer que está me matando por dentro, eu veria um círculo formado por cabecinhas me olhando de cima, ponderando, debatendo, franzindo a testa. Tudo o que quero é que a maldita porta do quarto se abra e que Becky dê o fora de lá para que minha grande charada possa ter fim.

Mas, em vez disso, o que acontece é Jared Kline.

Sim, *O* Jared Kline.

Antes que eu me dê conta, Jared Kline está me pegando no colo, como se tivesse acabado de se casar comigo, e me carregando escadaria abaixo até a biblioteca. A multidão abre caminho como o Mar Vermelho ao ver o Mais Maravilhoso carregando seu pássaro de asas quebradas no colo em direção ao escuro covil de madeira, onde ele obviamente salvará minha vida, prestando primeiros socorros e me transformando numa princesa-fada.

Ninguém está tocando ópera, mas é como se estivessem.

Todo mundo tenta entrar no cômodo com a gente, mas Jared me coloca na escrivaninha gigante do pai dele, dá meia-volta e bate a porta. Quando abro um dos olhos para espiar quem está na porta olhando, vejo uma cena que me enche de horror.

Horror!

Não, não é uma ambulância nem a polícia, nem mesmo uma horda de zumbis babando. É Becky Vilhauer, ali parada, olhando para mim, como se eu fosse sua próxima vítima.

O que, vamos dizer a verdade, provavelmente sou.

dezoito

— Ei, ei... você está bem?

Agora vem a parte em que preciso fingir que estou acordando de meu desmaio.

Minha irmã Lizzie costumava nos forçar a montar peças de teatro o tempo todo, principalmente musicais, então não é como se eu não tivesse experiência em flexionar meus músculos dramáticos. Éramos tão boas, na verdade, que minha mãe até nos colocou no circuito de talentos. Costumávamos fazer um número para "Ain't She Sweet" que realmente agradava a todos. Eu era o trunfo. Minhas irmãs sapateavam, cantavam suas falas. Então meus irmãos dançavam, faziam o coro... e, no final, eu entrava com um pirulito gigante e um chapéu enorme, e, quando você via, estávamos ganhando aquele troféu da feira estadual. História verídica. Dava praticamente para ouvir os suspiros de derrota dos outros competidores quando eu pisava no palco. A única vez em que ficamos em segundo lugar foi quando competimos com uma galinha que jogava jogo da velha. Naquele dia, a galinha foi o trunfo.

— Anika? É Anika, não é? Amiga de Becky? Acorde, Anika!

Acordar de meu desmaio falso, tentando parecer tonta e olhando diretamente para o rosto do Mais Maravilhoso... bem, isso, meus amigos, não foi difícil. Ele está me olhando de cima, como se eu fosse uma coelhinha pequenininha, doce e adorável.

— Está melhor agora? Tome um pouco de água.

A sala é feita de madeira escura, e há uma espécie de lâmpada verde na escrivaninha, e feltro verde sobre a mesa de mogno escuro. Nunca pensei em perguntar o que o pai dos irmãos Kline fazia da vida... mas não importa o que seja, não é pouca coisa. Esta casa, a biblioteca — os quadros na parede, pinturas a óleo de navios em meio a ondas agitadas no meio do oceano, a escada que você pode deslizar pela sala para alcançar os livros nas prateleiras — é o tipo de coisa que você veria em *Trocando as bolas*, e não em Lincoln, Nebraska. Lincoln é o tipo de lugar onde, se você for rico, tem dois carros. Não uma biblioteca com uma escada e pinturas náuticas.

Bebo em silêncio, olhando para Jared Kline, tentando pensar no que dizer para não ficar parecendo uma completa idiota. "Então, você acaba de transar com a namorada do seu irmão" provavelmente não serve. Ele também não está falando muito. Só meio que encarando o tapete. Uma coisa de aparência persa, também cara, esparramada em meio ao assoalho de madeira.

Este é um cômodo para impressionar pessoas. E está funcionando.

Arrisco um pequeno agradecimento.

Devolvo a ele o copo d'água, e ele fica sentado ali. Fico esperando ele abrir as portas para voltar a seu louco e apaixonado *affair* com Becky Vilhauer.

Mas é estranho, é como se ele simplesmente quisesse ficar sentado aqui em transe, olhando fixamente para o tapete, e fazendo com que eu me sinta idiota.

— Sabe, eles estudam o livro do seu pai na aula de História do Mundo Moderno. Gustav Dragomir? É seu pai, não é?

Pisco algumas vezes.

— É ele mesmo.

— Cara inteligente. Você sabe que ele é bem famoso, não é?

Dou de ombros.

— Tanto faz.

— Por que você não mora com ele?

— Bem, ele vive na Romênia na metade do tempo, então...

— Você mora com a sua mãe?

— É.

É... discutindo Conde Drácula? É a última coisa que achei que estaria fazendo nesta festa. Coisas que eu achei que *estaria* fazendo: shots de gelatina com vodca com Becky, pular do telhado, cair de bicicleta na piscina. (A propósito, já fiz a última. Só para constar.) Mas definitivamente não isso.

— Você deve ser inteligente também, então, hein?

Jared Kline é conhecido por um monte de coisas. Fumar maconha. Pegar geral. Partir corações. Ser um gato. Mas inteligência? Bem, se ele for parecido com o irmão, isso não faz parte do pacote.

— Que tipo de pergunta é essa? — questiono. — Não dá para responder isso sem parecer uma idiota.

Ele sorri e olha para mim.

— Eu até ofereceria um baseado, mas acho que você está meio que precisando de reabilitação agora.

— Eu sei. Estou meio envergonhada. — Faço menção de descer da mesa. — Acho que devíamos voltar para a festa...

Ele olha na direção da porta e aperta os olhos.

— Não estou com muita pressa. Pode ir se quiser.

Ora, se tem uma coisa que não vou fazer é deixar o lindo Jared Kline nessa sala linda sem motivo. Posso até odiar toda a humanidade, mas há certas coisas que você simplesmente não faz. Mesmo sendo misantropo. Sair daqui agora é uma delas.

Este certamente é um dos momentos mais estranhos da história da biblioteca do pai de Brad Kline. Nós dois simplesmente ficamos sentados, sem saber o que dizer. Mas o estranho é o seguinte: quase parece que Jared Kline está... nervoso. Poderia ser? O Mais Maravilhoso fica nervoso?

— Então, você e Becky são melhores amigas, ou coisa assim?

— Sei lá. Mais ou menos.

— Ela não é uma pessoa muito legal, sabe.

Que coisa estranha vindo da boca de alguém que estava transando com ela agora há pouco.

— Prefiro exercer o direito de ficar calada.

— Você não devia andar com ela.

Agora estou ficando vagamente irritada. Quem é essa pessoa para me dizer o que fazer ou não? É a primeira vez que falamos um com o outro, pelo amor de Deus! Só porque ele me carregou pelas escadas como se eu fosse Scarlett O'Hara não tem o direito de mandar em mim.

O olho feio da maneira mais feia possível.

— Ah é, e com quem eu *devia* andar?

Agora ele me olha direito pela primeira vez, com uma expressão esquisita que nunca vi antes, exceto em filmes.

Ele se inclina para mim e responde, num sussurro quase inaudível:

— Comigo.

dezenove

Não tive a chance de crescer em cômodos de gente rica. Cômodos de casas do subúrbio com paredes de painéis de madeira e talvez uma TV bem maneira, talvez. Mas um cômodo como este, com um globo todo ornamentado e pinturas náuticas e feltro verde, por algum motivo? Não. Este é o tipo de cômodo no qual você nasce.

Não estou choramingando por isso aqui, nem fingindo que cresci num barraco, ou algo assim. Não foi o caso. Minha mãe se certificou de que isso não aconteceria quando se casou com o ogro. Esse foi o sacrifício dela. E eu tenho consciência. Sei disso, mesmo que ela não queira admitir. Ela fez uma troca. E a fez por nós.

Não consigo deixar de me perguntar se valeu a pena. E não consigo não querer fazer alguma coisa para um dia deixá-la orgulhosa. Embora roubar do Sr. Baum na cara dele no Bunza Hut provavelmente não esteja sendo um bom começo.

Mas aqui, agora, na festa de Brad Kline, enfurnada neste cômodo de gente rica com O Jared Kline... é como se eu estivesse naquele episódio de *A Família Sol-Lá-Si-Dó* no qual Davy Jones vai visitar Marcia, e ela desce as escadas praticamente flutuando.

Mas também sei que qualquer coisa que Jared Kline diga é uma bela de uma mentira, porque ele é um golpista de reputação lendária. Um lobo em camiseta do Led Zeppelin. Todo mundo diz isso. E neste instante ele está aqui, colocando os tênis Vans em cima da mesa, sorrindo para mim, como se soubesse de alguma coisa superfantástica que não pode revelar.

— Olha, eu sei que você é um baita golpista, então não sei o que está fazendo comigo aqui, mas só quero que saiba que não vai dar certo.

Ele cruza e descruza os Vans.

— Ah é?

— É... Estou bastante certa de que não dá pra levar você muito a sério.

— É mesmo?

— Desculpe, mas não vou mentir para você. Sei que todo mundo considera você, tipo, o presente de Deus ao universo, mas isso não significa que eu ache isso, ou que vá tirar a roupa ou coisa assim só porque você me salvou, como se eu fosse um pássaro de asas quebradas. Você provavelmente só me salvou porque não queria ser responsabilizado ou coisa assim.

— Responsabilizado?

— É. Responsabilizado. Tipo, você não queria ser processado nem nada disso. Sei que essas coisas acontecem o tempo todo então...

— Acontecem?

— É.

— Tipo, me dê um exemplo.

— Bem, ok, bom, não estou conseguindo pensar num exemplo agora, mas eu sei que as pessoas fazem isso. Quero dizer, minha mãe está sempre falando para eu não convidar ninguém, porque, se alguém ficar bêbado e sofrer um acidente de carro, a gente pode ser responsabilizado e processado.

— Então o seu exemplo é a sua mãe falando sobre uma situação hipotética?

— É. Minha mãe. Meu exemplo vem da minha mãe.

— Você gosta dela?

— Oi? Que tipo de pergunta é essa? É claro que eu gosto da minha mãe, seu louco.

— Ok, bem, só queria ter certeza.

— Por que, você não gosta da sua?

— Gosto. Eu amo minha mãe. Ela realmente gosta de ajudar as outras pessoas. Especialmente, tipo, crianças com câncer e crianças pobres e coisas assim. Acho bem legal, na verdade.

Acho que essa deve ser a maneira de ele de me mostrar que tem "coração" e que eu devia gostar dele. Mas não vou morder a isca.

— Detalhe — começo —, só quero que você saiba que eu sei que você acabou de transar com Becky, então, se está afim de algum tipo de trifecta, ou bifecta ou sei lá o quê, não vai acontecer.

— Bifecta?

— É. Você sabe. Tipo ficar com nós duas ou algo assim.

— Eu não fiz nada com Becky.

— Ah, tá.

— Não fiz.

— Qual é?

— Sério? Ela tipo se jogou em cima de mim, e eu meio que precisei dizer a ela que aquilo não era legal. Considerando que ela é namorada do meu irmão mais novo e tudo mais.

— Não acredito em você.

Ele dá de ombros.

— Seja como for, ela não é sua amiga.

— O que quer dizer com isso?

— Ela não é amiga de ninguém. Ela é como um dragão... disfarçado de menina bonitinha.

— Hum. Bem, e como você sabe que não sou assim também?

— Eu nunca disse que você era bonitinha.

Pergunto-me se Jared pode ver a fumaça da raiva que estou sentindo.

— Obrigada. Bem, estou indo embora agora...

— Acho você uma garota legal.

OK, então talvez isso me interrompa.

— Acho você uma garota legal, que também é meio gata, na verdade.

— Ok, escuta só, eu não sei que tipo de cantada boba você está acostumado a dar nas garotas para elas se atirarem em cima de você, mas só quero que saiba que eu não nasci ontem, então agora eu vou sair e te deixar ir atrás de alguma outra garota burra e idiota que vá cair nessa.

E com isso, saio. Mas antes de passar pela porta, escuto Jared se despedindo.

— Tchau, menina legal.

vinte

É claro que a primeira pessoa que vejo quando saio é Becky.

— Você está tão morta.

A festa está esvaziando, e ela está prestes a dar meia-volta e ir embora, então preciso correr para alcançá-la.

— O quê? Becky... estou te dizendo. Eu estava tentando te dar cobertura.

— Olha, imigrante. Não sei o que te deu nos últimos dias, mas você está ficando um pouco abusada demais, se quer saber a minha opinião.

— Becky... Eu estava te dando cobertura. Alô? Brad estava subindo as escadas... era um desastre pronto para acontecer. O Titanic indo na direção do iceberg.

— Então foi por isso que você resolveu sair correndo com Jared?

— Eu não saí correndo com ele! Ele me carregou! Você se dá conta de que a coisa toda foi para o SEU benefício, para não ser pega? Hello-ou. Eu estava sendo uma boa amiga com você. Eu, tipo, desmaiei para te dar cobertura.

Becky para na porta de entrada. Se ela se voltar contra mim, minha vida vai ser um inferno, simplesmente sei disso.

— O que ele disse? Ficaram lá dentro um bom tempo.
— Nada. Quero dizer. De verdade... ele só ficou falando de você.

Ponto pra mim.

— Foi?
— É. Foi meio louco. Ele está, tipo, obcecado.

E com isso ela me arrasta para fora da casa, para debaixo de um carvalho totalmente decorado de papel higiênico. A grama parece um jardim de latas de cerveja.

— Ok, então eu quero que você repita *exatamente* o que ele disse.
— É... Bem, basicamente ele só ficou falando de como você era bonita e como ele queria que você não estivesse saindo com o irmão mais novo dele porque ele é quem queria ser seu namorado. E talvez até mesmo te levar na formatura.

— O quê?! Não.
— Sério. Ele acha que você é uma supermodelo ou algo assim.
— Bem, eu *fiz* as fotos para aquele catálogo há um mês — diz ela, mais para si mesma do que para mim. — Acha que devo terminar com Brad?
— O quê?

Agora parece que a festa inteira está vindo para o gramado.

— Você sabe, tipo, para poder sair com Jared?

— Hum. Não acho que seja assim que funcione...

— Como assim? Você acabou de dizer que ele gostava de mim!

— Ele gosta! Ele gosta totalmente. É só que... Ele não pode sair com você, mesmo se você terminar com Brad. É tipo, muita maldade. Você não pode sair com a ex-namorada do seu irmão. É tipo incesto ou coisa parecida.

Agora o time de futebol inteiro, incluindo Brad, parece estar saindo aos montes pela porta da frente. Chip Rider está vomitando na lata de lixo da calçada. Nojento.

— Olha, imigrante. Não estou mais com raiva de você. Acho que eu só estava irritada. Você sabe, porque ele salvou você ou sei lá o quê. Mas tem razão. É claro que ele não gosta de você. Isto é, sem ofensa, mas você é meio que mestiça. Quero dizer... sem querer ser má nem nada.

— É, não. Quero dizer. Seria loucura.

— E foi muito legal da sua parte me acobertar.

— Obrigada. Bem, é para isso que servem os amigos...

— Abraço?

— É, tá bom.

E agora estou abraçando Darth Vader em pessoa, enquanto Chip, atrás da gente, pensa que terminou de vomitar, mas não terminou de vomitar, e agora ele basicamente está andando pelo gramado vomitando na própria roupa.

— Você é uma boa amiga, Anika.

Fico maravilhada por eu mesma não estar vomitando.

vinte e um

Não me passa despercebido o fato de que os únicos dois caras do universo que parecem, de alguma maneira, talvez gostar de mim, são completamente impossíveis por motivos inteiramente diferentes. Que mundo bizarro, não é? Logan está fora do meu alcance porque ele é um pária social que poderia me arruinar completamente se alguém descobrisse sobre nossas corridas de moto e escapadas noturnas. Jared Kline é o maior gato da cidade, possivelmente até do estado, e, se Becky descobrisse as coisas que ele ficou falando na sua biblioteca grã-fina, ela me serviria aos lobos lambuzada de manteiga.

Naturalmente, não conto nada disso a Shelli. Simplesmente sei que ela ia deixar escapar. Ela se esquece das coisas, ou não consegue entendê-las. Por exemplo:

Shelli fica confundindo quanto dinheiro estamos roubando. Não sei o que é; isto é, ela só precisa subtrair a quantidade do quanto cobramos, mas ainda assim é como se, cada vez que ela recebe trocado ou uma nota de dez ou vinte, ela não conseguisse colocar a cabeça para funcionar com os números. Quero dizer, não quero chamá-la de burra, porque ela não é, mas esse certamente não parece ser seu forte. O problema é que não podemos pedir a ajuda de Tiffany. Tem que ser só Shelli e eu. Mas tenho uma leve suspeita de que Tiffany na verdade seria melhor que Shelli com números.

Por outro lado, todo mundo acusaria Tiffany antes, porque essa cidade é feita de um monte de caipiras suburbanos de calça cáqui que acham, *realmente* acham, que, por ser negra, Tiffany é geneticamente predisposta a roubar qualquer coisa que vê pela frente. Ou seja, é absurdo.

Shelli nem está aqui hoje porque é domingo, e sua mãe louca pela Bíblia não a deixa trabalhar no Dia do Senhor ou sei lá o que, então fica a cargo das pecadoras Tiffany e eu trabalhar neste dia sagrado e arder no inferno juntas.

Não vou ensinar Tiffany a roubar. De jeito nenhum. Ela parece ser uma boa garota, e a última coisa que quero fazer é ajudar qualquer um dessa cidade de mente pequena a reafirmar sua mentalidade estreita a respeito de cor da pele e roubo.

Mas é tentador.

Tivemos algum movimento uma hora atrás, mas agora o Bunza parece uma cidade fantasma. O Sr. Baum está lá embaixo, fazendo o inventário, então somos apenas eu e Tiffany jogando conversa fora. Ou melhor, tentando.

— Sua mãe parece ser bem legal.

Tiffany viu minha mãe entrando e me esperando para irmos de carro para casa. Minha mãe definitivamente fez bastante esforço para ser gentil com Tiffany a fim de não ser confundida com uma racista. Apesar de, no fundo, honestamente, eu meio achar que ela é. Sem ofensa, mãe, mas você só precisava agir normalmente. Não precisava ser mais gentil. Nem ser mais má. Apenas normal.

— É. Ela é uma boa mãe. Bem melhor que meu pai, isso com certeza.

— Pelo menos você tem pai.

Ugh. Não tinha me dado conta de que Tiffany só tinha a mãe e mais ninguém. Isso talvez explique o fato de quase sempre ninguém vir buscá-la e de minha mãe e eu acabarmos lhe dando carona. É meio que superchato porque o apartamento dela, na 80, é exatamente na direção oposta a que moramos, então isso acrescenta, tipo, meia hora à nossa volta para casa, o que é muita coisa depois de um dia servindo Bunzas e batatas fritas para famílias e mais famílias de pessoas brancas.

Eu ficaria irritada se não fosse impossível não se sentir culpado depois de ver onde Tiffany mora. Não é nenhum country club, isso é certo. Tem sempre alguns trailers parados na frente, e um ou dois carros que parecem estar nas últimas. Nos dias em que a mãe dela não aparece, ela simplesmente meio que sai correndo para dentro de casa, nem eu nem minha mãe sabemos o que dizer.

Isto é, o que deveríamos dizer? Sinto muito por sua vida ser uma droga? Sinto muito por sua mãe nunca se lembrar de te buscar? Sinto muito porque parece que não há um pai envolvido nessa situação?

Eu nunca sequer vi a mãe de Tiffany, sabe. Ela sempre meio que fica esperando do lado de fora, dentro do carro, e aperta a buzina. É um Pontiac vinho, um carro nada feio, na verdade. Mas acho esquisito ela nunca entrar nem nada. Aposto que é bonita, no entanto. Tiffany tem traços bem delicados, parece uma boneca. Para não falar na pele, escura como mogno com uma lâmpada acesa em algum lugar atrás da madeira. Imagino como deve ser para ela crescer naquele conjunto de apartamentos horríveis, sem pai e sem pressa para encontrá-lo.

Existem umas mil perguntas que eu gostaria de fazer a Tiffany, mas cada uma delas parece a coisa mais idiota do mundo.

Por exemplo: Ganhamos uma refeição de graça por turno no Bunza Hut. Shelli e eu nunca aceitamos porque já provamos tudo do menu umas oito mil vezes, e, se eu for obrigada a comer mais um combo Bunza dentro de um Bunza Hut, vou cometer suicídio. Mas notei que Tiffany come a refeição grátis, toda vez, metodicamente, como um relógio suíço, incluindo o milk-shake de morango. Ela também come qualquer coisa que esteja à sua frente quando não tem ninguém olhando, e ela pesa mais ou menos um quilo. Isso me faz achar que, ou ela não tem comida em casa, exceto talvez batata chips e balas, ou que ela tem o metabolismo de uma viciada em cocaína fumando crack. Não tenho certeza.

Independentemente disso, você não consegue não se perguntar se existe algo a fazer a respeito. Quero dizer, e se ela realmente não tiver nada para comer em casa? Se a regularidade da mãe de Tiffany em buscá-la no trabalho tiver qualquer correlação com a regularidade em que lhe dá comida, a garota está em apuros.

— Ei, quer jantar lá em casa sexta à noite?

Pergunto aquilo antes de sequer me dar conta. Que ideia idiota. E se ela achar que estou com pena dela?

— Claro.

— Podemos buscar você, sei lá.

— É, está bem. Parece legal.

E aí está, pessoal. Convidei oficialmente a única pessoa negra de Lincoln, Nebraska, para jantar com o ogro, minha mãe, Henry, o introspectivo, Robby, o feliz, minhas duas irmãs piranhas e eu, na próxima sexta-feira. Imagino se minha mãe vai fazer o jantar no estilo bufê ou se vai usar a louça boa e agir como se ela fosse a mãe de *A Família Sol-Lá-Si-Dó*.

vinte e dois

Meu pai sempre liga, tipo, às sete da manhã, porque metade do tempo ele está na Romênia e o fuso horário lá fica, tipo, oito mil horas à frente, de modo que, quando é noite para ele, é sempre cedo demais para mim. Acrescente a isso o fato de ele sempre ligar para dar sermão e temos aqui um dia potencialmente arruinado aqui.

— Que história é esse que ouvi de B em educação físico?

— Eu sei lá, é só que e...

— É uma disciplino ridículo, mas mesmo assim, vai contar na seu histórico.

— Bem, é só que...

— Escute. Não quero criar um filha para ela acabar descalça e grávido em Nebraska, entre tantos as lugares. Além disso, você seria mi-se-rá-vel se esse fosse sua destino.

— Eu sei, mas...

— A motivo para tirar notas boas é para ir para um faculdade de elite na costa leste, onde vai aumentar sua capital social, se conectando com pessoas cujos pais não são da construção civil.

— Eu sei...

— Ou quer acabar como seu mãe? Com um QI de cento e sessenta inutilizado? Cento e sessenta, dá para acreditar? E olha onde ela foi parar. — É isso que você quer?

— Não, pai.

— Ok, então isso é o que você deve fazer: vai procurar aquela professor insignificante de educação físico depois da aula. Vai pedir conselho para ele. As pessoas gostam de se sentir importantes. Isso vai fazer ele se sentir importante.

— Ok.

— Então você segue conselho dele, cada detalhe do conselho você vai seguir, com dedicação. E então, no final, depois que você tiver melhorado, vai parecer grata e agradecer a ele por seus palavras de sabedoria. Ele vai te dar um A. Confie em mim. Porque você vai ter feito ele sentir que seu emprego de dezessete mil dólares por ano importa. Entendeu?

— Sim.

— Bem. Agora coloque sua irmão no telefone.

Voltando ao meu quarto, posso escutar agora meu irmão implorando por sua vida...

— Sim, pai. Consegui noventa e oito por cento. Mas fiz crédito extra, então fica noventa e nove por cento...

Não, ele não dá cem por cento para ninguém. Sou o melhor da turma. Sim. Noventa e nove por cento é ser o melhor da turma.

Pergunto-me se meu pai sabe como temos pavor dessas ligações da Romênia às sete da manhã. Quero dizer, de certa forma, eu nem sei por que minha mãe sequer nos chama ao telefone. Queria que ela simplesmente repassasse a mensagem para não termos que começar o dia assustados e trêmulos enquanto comemos nosso cereal. Todas as vezes demora, tipo, duas horas para meu coração desacelerar.

Quando chega o quarto período, também conhecido como aula de educação física, já quase me libertei das amarras do medo e pavor. Mas o Sr. Dushane entra.

É esse o nome, dá para acreditar?

Ele está em ótima forma para um cara velho, mas o engraçado é que ele sempre usa short vermelho, tipo, muito curto. Você praticamente pode ver o você-sabe--o-que saindo pela frente do short vulgar idiota. O cara é uma aberração. Você definitivamente fica com a impressão de que ele se acha um presente de Deus para a humanidade. E para as mulheres. Estou falando sério. Ele age como se fosse algum Deus grego de short curto vindo à Terra temporariamente para nos ensinar, adolescentes delinquentes, a importância da corrida. O problema, e o motivo pelo qual estou tirando B, é que: eu não engulo isso.

Mas agora, segundo meu pai vampiro, preciso fingir engolir. Anzol, linha e peixe. Que vergonhoso.

— Preciso falar com o mala do Sr. Dushane.

Shelli faz essa aula comigo. Graças a Deus. Pelo menos podemos ficar sentadas no fundo, rindo, durante os monólogos do Sr. Short Curto sobre espírito de equipe ou que diabos seja lá o que ele fale.

— O quê? Por quê?

— Meu pai me obrigou.

— O ogro ou o vampiro?

— O vampiro.

— Ah.

Até Shelli entende que isso é sério.

— Acha que devo falar agora?

— Não sei. O short dele está bem curto hoje. E se o pênis dele sair para fora e tentar morder você?

— Que nojo! Você acha que ele tem namorada?

— Sim, e o nome dela é Rosy Palm.

— Ok, lá vou eu.

A última coisa que quero fazer na vida é falar com esse cara, mas que escolha tenho? Se eu não falar, vou acabar descalça e grávida, morando num estacionamento de trailers com um cara chamado Cletus.

A sala do Sr. Dushane tem paredes de vidro e fica bem atrás do ginásio. Ele está fazendo alguma coisa com tabelas plastificadas e parece vagamente confuso.

— É... Sr. Dushane?

Ele não me escuta.

— Sr. Dushane? Posso falar com o senhor um minuto?

— O quê? Oh, oi. Sim, em que posso ajudá-la... — Ele não se lembra do meu nome.

— Anika. Meu nome é Anika.

— Certo! Certo. Eu sabia disso. Então... Em que posso ajudá-la, Anika?

— Bem, eu queria falar com o senhor sobre meu boletim. Tirei B.

— Sim?

— Bem, queria saber que conselho poderia me dar, considerando que é visto como um dos professores mais inspiradores e tudo mais... Só estava me perguntando, tipo, que conselho o senhor poderia me dar para melhorar e, sabe como é, tirar A.

— Não se trata apenas de As e Bs.

— Sr. Dushane, eu jamais tirei B na vida. Não tenho permissão para isso, está bem?

— Entendo.

— E só queria perguntar ao senhor o que posso fazer para melhorar, aqui em educação física, e realmente só estou em busca de algum conselho de alguém que realmente parece saber das coisas.

Saber das coisas? Quem fala isso? No que estou me transformando aqui?

— Ok, Ok. Anika, você precisa se dedicar. Precisa pensar, quando parecer não ter mais jeito, quando estiver ficando cansada na corrida, que não precisa dar cem por cento de si... e sim dar cento e dez por cento. Está entendendo o que quero dizer?

Que idiota.

Eu poderia ouvir um conselho assim num comercial da Nike.

— Sim. Sim, Sr. Dushane, sei. Gostaria realmente de agradecer por isso. Realmente significa muito para mim.

Ele acena positivamente com a cabeça, exibindo uma expressão tranquilizadora, mas severa. Uma expressão de homem. Expressão de atleta, também usada por políticos, conforme já notei. Ela diz: "É assim que se faz, e juntos nós podemos!"

Homens são tão ridículos.

Ok, de volta para Shelli.

— O que ele disse?

— Que o pênis dele quer conhecer você.

vinte e três

A mãe de Shelli veio buscá-la hoje porque vai levá-la direto ao Spring Youth. Spring Youth, acredita? Se não sabe o que é isso, imagine o seguinte: mais ou menos vinte jovens vão até a casa da líder e comem biscoitos, bebem ponche e cantam. As letras das músicas são projetadas, escritas a caneta, para você poder acompanhar. A líder, ou seu marido, toca violão. É divertido e todo mundo está se divertindo à moda antiga. Então a líder, ou um convidado, se levanta e fala sobre Jesus Cristo, nosso Senhor e Salvador. Ao fim de cada sessão para a qual você é convidado, se você quiser, pode se levantar e dizer "Meu nome é tal-e-tal, e Jesus Cristo é meu Senhor e Salvador".

Agora, como é que sei disso? Porque já fui a uma dessas festas de Jesus e sei, em primeira mão, que na verdade elas são extremamente agradáveis até Nerdlinger, nosso líder da Spring Youth em particular, ir lá na frente e começar a falar de Jesus. Deviam ficar só nas músicas e no ponche.

Enfim. Hoje é dia da Shelli tentar ir lá na frente e se declarar cristã, mas estou bastante certa de que eles não dão prêmios pela quantidade de caras que você já chupou perto do parquinho das crianças.

O engraçado é que a Spring Youth faz uma excursão de esqui anual melhor que a da escola, então preciso de fato passar uma semana inteira com essa gente, esquiando em Steamboat Springs, no Colorado, e escutando as aulas sobre Jesus Cristo Nosso Senhor e Salvador ministradas por Nerdlinger e similares variados de todo canto do meio oeste. Uma coisa é certa sobre esses caras, eles definitivamente parecem não ter nada melhor para fazer.

Basicamente, se você estivesse selecionando o elenco para um filme, e precisasse encontrar o ator para o papel de um solitário quieto que possivelmente um dia sai de casa e resolve atirar em todo mundo num Taco Bell, Nerdlinger seria esse cara. E seus aprendizes também. Graças a Deus eles encontraram Jesus, senão estaríamos todos em apuros.

Preciso admitir que, ao final dessa uma semana esquiando e escutando os aprendizes falarem sobre Jesus, e acompanhando as canções populares naquele enorme hall de madeira no meio do resort... fico meio surpresa por eu mesma não ter me levantado para encontrar Jesus. Tenho certeza de que ele estava por lá em algum lugar.

Mas agora é a vez de Shelli ser doutrinada, então nesta tarde em particular, preciso andar os quatro quarteirões sozinha até Logan chegar em sua lambreta e me salvar do ar fresco de outubro. E quando digo fresco, estou querendo dizer congelante.

Mas quando Logan para no meio-fio, não parece feliz. Ele fica apenas olhando para mim com uma expressão de mágoa.

— O quê?

— Nada.

— É... obviamente tem alguma coisa errada, então...

— É só que... Eu sei lá. Ouvi dizer que você está com Jared Kline agora. É isso mesmo?

— O quê? Não. Está brincando, não é?

— É que todo mundo está dizendo que você foi embora daquela festa com ele.

— Ai, meu Deus. Isso é tipo um zilhão por cento mentira. Escute, posso só...

— Olha, não tem problema...

— Mas nem é verdade! Jared Kline é tipo um golpista de primeira. Todo mundo sabe disso. Acha que eu cairia nessa?

— Eu não sei.

— *Você não sabe?*

— Bem, você está a fim?

— Se eu estou a fim de Jared Kline para ele me largar e eu virar motivo de risada? É... não.

— É, mas... e se ele gostasse de você de verdade? Gostaria dele?

— Logan, do que você está falando? Gosto de sair escondida para ver *você* e tal. Isso não significa nada?

— Eu não sei, talvez você só esteja precisando de carona para casa.

— Tsc. É, e preciso realmente me pendurar de um galho de árvore no meio da noite sem motivo só porque combinei de te encontrar.

Ele finalmente olha para mim.

— Olha, me desculpe, eu só... Eu gosto mesmo de, é... estar com você e tal... Então, quando ouvi aquilo... Sei lá. Meio que me deixou louco.

Mas agora, de repente, ouço um farfalhar das árvores, e uma garota nos flagra onde não deveríamos estar. Ninguém sabe sobre a gente ainda. E meio que estou torcendo para que isso continue assim por enquanto. Simplesmente não saberia lidar com a situação. Como lidar com Becky. É como um jogo de xadrez. São muitas peças móveis.

E então, subitamente, do meio das árvores, lá está ela.

Stacy Nolan.

Ufa. Pelo menos não é *aquela que não deve ser nomeada*.

— É... Oi.

— Oi, Stacy. Tudo bem?

— Oh, eu só... escutei alguém aqui atrás e...

— Está indo para casa?

— Estou.

Que droga. Agora ou vou ter que continuar a pé com ela, ou admitir para alguém além de Shelli que estou pegando caronas de lambreta com Logan. Nada bom. Quanto mais gente souber, mais cedo Becky vai descobrir.

— Bem, acho que posso ir com você...
— É, é. OK. Legal.

Logan me olha contrariado. Ele não está feliz com isso. Mas, por outro lado, o que eu deveria fazer? Não é como se estivéssemos cem por cento juntos. Isto é, trocamos bilhetinhos secretos. Passamos um tempo juntos algumas vezes. E nós só ficamos, tipo, duas vezes. Sério.

Sei que você está contando, pervertido. O fato é que até agora só trocamos beijos básicos e tivemos umas duas sessões de pegação de verdade. Logan não parece estar com muita pressa, o que, na verdade, é meio que irritante.

Sem falar em toda essa história de Jared Kline. Quero dizer, sim, é verdade que Jared Kline é um golpista. Mas... e aqui vai o que eu realmente não queria admitir: se Jared Kline estivesse louco, passionalmente apaixonado por mim... Estou bastante certa de que teria que estar apaixonada por ele também, pelo menos um pouco. Bem, ok, muito. Tudo que sei é que, quando eu estava naquela biblioteca de mogno com ele... meio que parecia que estávamos em uma nave espacial ou algo assim. Isto é, Jared não pareceu nem um pouco como as pessoas dizem que ele é. Ele pareceu meio que, sei lá, doce, de certa forma.

O problema com tudo isso, naturalmente, é que é basicamente sonhar acordada.

Não vou mentir para você. Aparentemente sou a rainha das que sonham acordadas. Por exemplo, no Bunza Hut, quando ficamos sentadas lá por oito horas, olhando para nossas unhas do pé e servindo batatas fritas, é meio que apenas questão de tempo até eu começar a pensar em como seria viver na Islândia, ou se haveria alguma chance de eu me casar com um duque, ou como seria viver em algum lugar bem estranho no sul do Pacífico, alguma ilha que ninguém além dos nativos sabe que existe? Coisas assim.

Dá para entender agora por que preciso roubar para manter o foco.

A essa altura, Logan vai embora e Stacy Nolan está andando ao meu lado pela longa marcha mortal até minha casa, no frio gelado. Falando francamente, é meio desconfortável. Nenhuma de nós sabe bem o que dizer, na verdade.

— Ei, então, eu queria lhe dizer...

— Sim?

— Achei muito legal o que você fez por mim. Isto é, pouca gente teria feito algo assim. Honestamente.

— Ah, não foi nada demais.

— Foi sim. Acredite em mim.

— Não era nem verdade, então, quero dizer, isso meio que ajudou.

— Eu sei!

Nós subimos a colina, por fileiras e mais fileiras de casas de subúrbio, mas já dá para ver a fumaça da nossa respiração agora. É evidente que meus pais estão tentando me matar.

— É meio estranho, não é?

— O quê? O que é? — Estou quase começando a ficar com o pensamento longe, é bom ela falar logo.

— Bem, você não se pergunta quem começou aquela fofoca em primeiro lugar?

— É, acho que sim.

— Eu certamente me pergunto.

— Bem, vamos pensar. Você tem algum inimigo ou algo assim?

— Como assim?

— Sei lá, você, tipo, fez alguma maldade a alguém, que talvez nem tenha percebido até ser tarde demais ou alguma coisa assim?

— Hum. Preciso pensar...

Continuamos andando, e agora está realmente começando a congelar. O sol está se escondendo atrás das árvores secas, e as folhas no chão — vermelhas, marrons, laranja — têm cheiro de queimado. Passamos pela casa de Shelli há um quarteirão, e não consigo deixar de me perguntar se ela já virou uma cristã renascida.

— Ninguém? Tipo, talvez tenha sido alguma coisa boba...

— Eu não sei. A questão é que... não sou como você. Quero dizer, as pessoas não se importam comigo. Tipo, não ligam para o que eu faço. É meio como se, não sei, é como se eu fosse invisível ou algo assim.

— Mesmo?

— Mesmo. É tipo... Por mais estranho que pareça, toda essa história foi tipo a primeira vez em que metade da escola soube que eu existia.

— Impossível.

— É sério.

O fato é que ela está dizendo a verdade. E nem sei por quê. Eu nem sei quem inventa essas regras sobre quem e o que importa. A coisa toda parece tão aleatória. Ninguém sabe se vai funcionar ou não.

— Bem, eu sabia quem você era.

Como se isso ajudasse. Mas o que mais eu poderia dizer?

— Obrigada. De qualquer forma, você me salvou, e não pense que vou esquecer.

Estamos caminhando, e o sol realmente está dando adeus. A regra não dita é que, se eu não a convidar para a minha casa, ela não me convidará para a dela. E tudo bem com isso, também. Não é como se desse para ser melhor amiga de todo mundo. Além disso, Stacy agora pensa que sou tipo uma boa pessoa, e não tenho coragem de deixá-la a par da minha maldade interior. É melhor mantê-la longe para que nunca descubra.

Escuto a lambreta de Logan ao longe e penso... Eu me sentiria mal por decepcioná-la.

vinte e quatro

Esse jantar vai ser, tipo, o jantar mais desconfortável da minha vida. Sério. Não sei o que eu estava pensando.

É claro, minha mãe está achando isso a coisa mais incrível de todos os tempos e que sou como a Madre Teresa, ou algo assim, só por convidar "aquela menina negra" para jantar. É esquisito. É como se de alguma maneira eu tivesse dado à minha mãe a oportunidade de se importar com alguma coisa pela primeira vez em uma eternidade. Ela parece ter tomado café demais ou algo assim.

Está zanzando pela cozinha, fazendo isso e aquilo, pegando esse e aquele prato, me pedindo para cortar aquele ou outro legume. Isto é, ela parece estar possuída. Até minhas irmãs horríveis perceberam. E não estão felizes. Lizzie, particularmente, está lívida. A conversa foi assim:

— Mãe... Neener e eu vamos sair hoje, então...

— Ah, não não não. Hoje não. Hoje teremos uma *convidada muito especial* para o jantar, e vocês duas ficarão sentadas aqui e se comportarão. Estou falando sério.

— Convidada especial? O que é isso, um talkshow?

— Não, querida. Sua irmã mais nova fez uma grande gentileza. Ela se aproximou de uma pessoa, uma pessoa da qual a maioria das pessoas não se aproximaria, e lhe estendeu a mão.

Olho para o céu em busca de alguma ajuda, mas só vejo o teto da cozinha.

— Mãe, o que há de errado com você?

— Sabem de uma coisa? Eu queria que vocês tratassem sua irmã mais nova com mais respeito, porque se de fato abrissem os olhos... veriam que ela é uma pessoa muito boa.

Mas Lizzie não está abrindo os olhos. Está os revirando.

— Bem, e esse convidado é, tipo, uma espécie de sem-teto?

— Não, Lizzie. Não é nenhum sem-teto. É uma garota adorável de descendência afro-americana.

— Uma garota negra?

— Sim, querida, uma garota negra.

— Onde ela conheceu uma negra? Achei que não existiam negros no Nebraska.

— No Bunza Hut — balbucio.

— Sério?

— Sim — responde minha mãe com a voz aguda. — Ela estuda na Lincoln High, então não é exatamente "do lado certo da cidade", como dizem, mas é uma menina muito doce e é possível que a mãe dela a esteja fazendo passar fome.

Lizzie olha para mim. Puxa vida, se um olhar pudesse matar.

— A senhorita perfeitinha ataca novamente.

Neener não fala nada. Ela apenas reitera o ódio de Lizzie, permanecendo atrás dela. Se minha mãe não estivesse aqui, eu estaria no chão em, tipo, dois segundos, e levaria uma cusparada imediatamente. Mas minha mãe não vai permitir.

— Agora por favor desçam e vistam algo apropriado para o jantar.

— O que tem de errado com essa roupa?

Lizzie olha seu último uniforme. Jeans e uma blusa de banda por cima de uma camisa térmica de mangas compridas.

— O que há de errado é que não vamos cortar lenha, vamos ter um bom jantar, numa boa mesa, com nossa boa porcelana e nossas boas maneiras.

— Jesus.

Ela e Neener descem as escadas, pisando forte, murmurando baixinho alguma coisa como: "Tudo isso por causa de uma menina negra?"

Fico onde estou e ajudo minha mãe a cortar as cenouras.

— Agora, querida, quero que as fatie finas na horizontal, porque serão cenouras julienne, e o segredo é o suco de laranja.

Mas agora estamos todas em apuros, porque o ogro entra.

— O que é isso tudo?

— Teremos uma convidada especial esta noite. Jantar às sete. Em ponto.

— Por que tão tarde?

Estamos falando de um cara que limpa o prato antes das 18h30 todas as noites. Bem a tempo de *Wheel of Fortune*.

— Por favor, simplesmente jantaremos às sete.

— Bem, e quem é?

— Uma garota do trabalho de Anika.

— Do Bunza Hut? O que há de tão especial nisso?

E agora entra Henry, carregando seu fichário e dando uma espiada para ver o que há no forno. Henry nunca diz nada, mas, quando ele diz, é importante.

— Ela é negra.

E com isso ele desaparece em seu quarto para estudar mais. Deus, ele estuda até seus olhos saltarem. Se ele não entrar em Harvard teremos que ficar atentos aos sinais de suicídio.

— Está fazendo todo esse alarde por uma crioula?

— WADE!

— Bem, não parece um exagero?

— Wade, NÃO use essa palavra dentro de casa. Estou falando sério.

— Que palavra?

— Você sabe que palavra.

— Quer dizer CCCCC-rrriiii...

— Wade, não estou brincando. Você sabe o que acho disso. E perto das crianças!

Ele ri.

— Nossa, cadê seu senso de humor?

Ele desfila pela cozinha, abre o armário, pega um saco de pipoca doce e vai para seu covil.

— E não vá estragar seu apetite!

— Sim, general!

Ele sai, e ficamos apenas eu, mamãe e as cenouras julienne.

— Sinto muito ter tido que ouvir isso.

— Mãe, que novidade, ele é um idiota.

Minha mãe suspira e se recompõe.

— Certo, então agora precisa passar a manteiga, antes do suco de laranja.

Ela pega uma frigideira e a coloca no fogão. Naquele momento, tomo algumas decisões. Uma é que jamais vou cozinhar para um cara que só resmunga e xinga. E a outra é que o vampiro está certo. Se eu não tirar somente notas A, vou ficar encalhada aqui e, se eu ficar encalhada aqui, vou me matar.

vinte e cinco

Pedalando rápido, rápido, rápido, este é o momento. Este é o momento em que estou me aproximando, e tudo está imóvel, tudo está imóvel e tudo, as árvores, as folhas, a calçada, tudo está prendendo a respiração, aguardando.

Pedalando rápido, rápido, rápido, as árvores estão se inclinando, tentando me proteger, tentando me pegar, tentando evitar que eu veja. As folhas e a calçada passam zunindo, sussurrando umas para as outras, não a deixem ver não a deixem ver não a deixem ver. As placas de PARE praticamente me imploram, pare, volte para casa, apenas vá para casa.

Pedalando rápido, rápido, rápido, este é o último momento em que posso ser esta pessoa. Este é o último momento antes de tudo ir de cor-de-rosa a roxo a preto, e nada será igual, nada jamais será igual.

vinte e seis

A noite não transcorre bem.
Mas não é o que você pensa. A única pessoa agindo normalmente é Tiffany. Todos os outros estão fazendo movimentos bruscos. Especialmente minha mãe, embora esteja fazendo isso de um jeito bom, pelo menos. Ela está meio que agindo como a mãe de *Leave it to Beaver*. June Cleaver. Está enfatizando tudo da maneira mais esquisita possível. Por exemplo:
— Wade, poderia *por favor* me passar as cenouras julienne? *Muitíssimo* obrigada.
Normalmente este diálogo seria: "Você! Cenouras!"
Agora, não sei por que minha mãe, que Deus a abençoe, está agindo assim, mas acho que está querendo compensar, exageradamente, porque, na sua cabeça, ela sabe que ninguém mais à mesa está feliz de verdade com esse jantar de especial de TV que a irmãzinha boba armou para eles.

Como minhas irritantes irmãs mais velhas, por exemplo. Elas estão agrupadas num dos lados da mesa como dois morcegos mal-humorados só esperando o momento certo para se levantar e morderem as entranhas de todo mundo. Meu irmão perfeito, Robby, é a segunda pessoa mais normal. Está comendo seu jantar e simplesmente esperando que tudo se desenrole com um sorriso feliz, mas que sinaliza levemente que está achando graça. O que não é surpreendente, porque este é o jeito com que ele lida com tudo. Um dia a Morte vai aparecer na sua porta, e ele vai dar de ombros e dizer: "É, tudo bem. Tive bons momentos. Para onde vamos?"

Henry está agindo bem estranhamente, para falar a verdade. Que novidade. Quieto. Confirmado. Pensativo. Confirmado. Encarando. Confirmado. Se Robby estivesse agindo assim, chamaríamos uma ambulância, mas este é o estado natural de Henry, então está tudo bem.

E quanto ao ogro, você pergunta? Bem, sua maneira de lidar com este excruciante jantar é encher o máximo possível seu prato e não fazer contato visual algum. Quando, e se, ele levanta a cabeça, ele olha para minha mãe, revira os olhos e rapidamente come mais uma garfada de purê de batata.

Pobre mamãe.

— Agora, Tiffany, quero saber se estão tratando vocês bem no Bunza Hut. Tento perguntar a Anika, mas nunca consigo uma resposta direta.

— Mãe, o que você acha que fazem lá? É o Bunza Hut.

Tiffany a satisfaz:

— Ah, não é tão ruim. Eles deixam a gente tomar os milk-shakes.

— Ah, eles deixam, é?

— Os milk-shakes que sobram.

Silêncio. Confusão.

Resolvo interromper para aliviar a todos:

— A gente faz o milk-shake numa espécie de copo prateado, e sempre sobra um pouco. Então podemos ficar com esse pouco.

Agora Henry:

— Mas vocês não podiam simplesmente fazer o milk-shake maior?

— Bem, nós fazemos. Basicamente fazemos o dobro do tamanho para ganharmos um milk-shake grátis sempre que alguém pedir um.

— Então você estão roubando. — Foi o ogro, é claro.

Tiffany meio que fica vermelha. Roubar não é coisa dela. É minha.

— Bem, eu só espero que não estejam abusando deste privilégio. — Minha mãe sentiu a necessidade de transformar isso numa espécie de lição de vida.

— Ah, mãe, o cara é um completo babaca. E ele é tipo, super-rico. Já viu a casa deles na Sheridan?! Para não falar que ele chamou Shelli de gorda.

Mais uma vez Henry:

— A casa deles na Sheridan vale um milhão duzentos e setenta e seis dólares.

Silêncio.

Agora Robby:

— Mas quem está contando?

— Mãe, o cara é um babaca. Devia ver como ele fala com Shelli, ele abusa dela. É horrível.

Agora o ogro:

— Ela trabalha lá?

Agora minha mãe:

— Wade...

— Eu perguntei, ela *trabalha* lá?

Deus, como eu odeio o ogro.

— Sim. Ela trabalha lá.

— Então, ele é o chefe. E pode fazer o que quiser.

Eu:

— Legal. Que boa filosofia. E se ele quisesse decepar a cabeça dela e comer os tornozelos ou algo assim... poderia fazer isso também?

Wade dá de ombros. Todos os outros ficam encarando seus pratos.

Agora a campainha toca. Isto surpreende a todos, com exceção de Tiffany.

Mamãe vai até a porta e atende com sua melhor personificação de Doris Day.

— Boa noite, como posso ajudar?

Mas a pessoa do outro lado da porta não está no clima para Doris Day.

— Tiffany! Saia daí agora mesmo!

É claro que agora a mesa toda, com as rivalidades entre irmãos, zombarias e o ogro, se vira para olhar.

A mãe de Tiffany não está de bom humor. Ela também parece como se tivesse acabado de sair da cama pela primeira vez no dia. Só de olhar para ela, meu coração fica partido por Tiffany. Tiffany é meticulosa e doce e organizada... agora vejo que talvez seja uma reação ao que quer que seja que sua mãe apronte em casa.

— Saia daí agora mesmo. Venha já!

Tiffany está vermelha de vergonha. Meu Deus, como eu queria poder evitar que ela passasse por isso. E todos nós estamos imediatamente do lado de Tiffany. Posso sentir. A família inteira, que estava tão insatisfeita por ter que passar por esse jantar idiota de série de TV... bem, agora estamos prontos para considerar Tiffany uma de nós.

Vem morar com a gente, Tiffany. O que é uma pessoa a mais? Até o ogro parece menos ogro. A postura dele está ereta. Ele quer ajudar. Mas como todos nós, não sabe o que fazer.

Mamãe tenta melhorar as coisas.

— Quer entrar para jantar? Tem bastante...

— Senhora, sei cuidar de mim mesma.

Minha mãe assente. Posso perceber que ela está analisando a situação. O que ela pode fazer? Pode fazer alguma coisa?

— Acha que não sei cuidar de mim?

— Não. Não. Não acho isso. Só pensei que talvez você quisesse...

— Bem, pensou errado, moça. ANDA logo, Tiffany, não vou repetir!

Tiffany sai da sala de jantar e desce os degraus da entrada até sua mãe. Sua mãe, que a puxa, de forma nada gentil, atrás dela. Ficamos olhando.

— Por favor, nós adoraríamos...

— Boa noite. — E com isso Tiffany, com suas meias soquete brancas e saia azul-marinho, vai embora. De volta para aquele complexo de apartamentos sujos de estuque, com sua mãe recém-saída da cama, e nós ficamos apenas sentados ali, estupefatos.

Segue-se um longo silêncio.

Mamãe volta à mesa e começa a recolher os pratos. Lizzie e Neener me olham. Lizzie é quem fala.

— Ei, Anika. Que droga. Nós não sabíamos.

— Nem eu, na verdade.

Droga.

Agora é Neener:

— Pobre Tiffany.

Agora Henry:

— Achei ela linda.

Silêncio. Ok, se você estava procurando pelo silêncio mais quieto e desconfortável dos EUA... acaba de encontrar. Bem aqui, nesta sala de jantar, entre a cristaleira de carvalho e a mesa de cedro de café da manhã.

Agora Robby começa a rir.

— Bem, ok, aí está.

Agora Lizzie e Neener começam a zombar com algo tipo:

— Ooooooo, Henry está apaixonadooooo...

E agora é demais para o ogro.

— NÃO. Nem pense nisso, Henry. — Ele está apontando o dedo.

É claro que isso faz Lizzie e Neener perderem completamente o controle, e já estão rindo e zombando e fazendo piadinhas. Robby está limpando o prato com um sorriso no rosto, e Henry está ficando mais vermelho que uma lagosta.

— Vocês são uns idiotas. — Henry limpa o prato, tremendo. — Eu juro, se eu não entrar na Harvard vou pular de uma ponte. — Ele sai em retirada para seu quarto, irritado.

— É, a ponte dos amantes. — Comentário brilhante, cortesia de Neener.

O ogro revira os olhos, se levanta, e volta para seu quarto, onde ele vai agora deitar no seu colchão d'água, assistir a *Wheel of Fortune* e ao *Tonight Show*, e depois o noticiário da noite.

Eu pergunto:

— Que diabos é uma ponte dos amantes?

Mamãe está guardando as sobras. Ela me olha com um tupperware nas mãos. Ela não precisa dizer nada. Apenas me olha com aquela expressão universal de "Nós tentamos".

Tentamos o quê? Jantar com uma pessoa negra? Fingir que não somos uma casa cheia de péssimas pessoas em geral? Tentamos ser menos autocentrados. Tentamos parar de focar em nossas obsessões idiotas e notar outras pessoas. Tentamos ser abertos, para variar. Tentamos não ser só mais uma família ligeiramente racista. Tentamos ser iluminados. Tentamos ser bons.

Tentamos ser todas as coisas... que não somos.

vinte e sete

Hoje estou encarregada das decorações de Halloween no Bunza Hut. São dois esqueletos, um em cada porta, e um monte de abóboras que, presumo servirão também para o Dia de Ação de Graças. Neste momento têm rostos desenhados nelas.

Shelli está atrás do balcão, passando lápis de boca.

As noites de segunda-feira são bem paradas porque basicamente todo mundo em Nebraska é viciado em futebol americano, graças ao Cornhuskers, mas isso se traduz em, naturalmente, NFL, então esta noite é basicamente feriado. É claro que algumas pessoas ligam fazendo pedidos enormes que virão buscar, levar e comer em casa, em suas salas de estar, salas de jogos e *man caves* onde vão assistir ao futebol de segunda à noite com os amigos, mas basicamente, assim que o jogo começa, parece que o mundo acabou.

Esta noite a partida é entre o Chicago Bears e o Green Bay Packers. Grande jogo. Além disso, esse é um evento que mexe com a cidade inteira porque Lincoln, Nebraska, basicamente é cheia de fãs dos Packers E dos Bears. Sim, Chicago fica mais perto, mas cheia de um monte de gente de cidade grande, e metade das pessoas aqui tem parentes em Winsconsin, estado dos Packers. Por que você acha que todo mundo aqui é loiro? Podiam chamar o lugar de *Escandinávia 2: A Missão*. Ou Talvez *Alemanha 2... Desta vez, sem nazistas!* Na minha escola só tem cerca de cinco sobrenomes: Krauss, Hesse, Schnittgrund, Schroeder e Berger. Não é incomum ter um tio chamado Ingmar.

Se minha opinião interessa, sou fã dos Packers. Desculpe, resto do mundo. Mas na verdade só tenho pena de vocês por não serem fãs dos Packers.

Esses esqueletos não são fáceis de pendurar. Em primeiro lugar, são pesados demais para essa fita adesiva, e, em segundo, essas portas de vidro congelante não parecem querer que nada seja colado nelas. Shelli não está ajudando.

— Acho que você devia largar aquele tal de Logan.

Shelli tem um talento especial com palavras.

— Como eu poderia largá-lo, Shelli? Não estou nem saindo com ele.

— Estou falando sério. E se Becky descobrir?

— Que seja. Espere. Como ela descobriria?

— Sei lá.

— Você contou a ela?

— O quê? Não.

— Shelli, sério... você contou a ela?

— Não... eu não contei nada.

— Bem, então não conte. Mesmo se ela perguntar ou algo assim.

— Eu sei, eu sei.

— Dá para me ajudar com esses esqueletos idiotas? Eles não querem grudar.

Shelli suspira e vai até mim, guardando seu lápis no bolso.

E então estamos pendurando esses esqueletos assustadores, mas não assustadores demais, na porta fria como gelo quando acontece.

— Ai, meu Deus.

— O quê?

— Anika. Ai. Meu. Deus.

— Jesus. O quê?

— Olha para trás.

— Sério. Você está me assustando.

— Olha. Para. Trás.

E assim o faço. E é quando vejo.

Jared Kline está saindo de seu jipe e caminhando na direção do Bunza Hut, na direção da porta, na nossa direção.

— Jesus. Maria. E José. O que a gente faz o que a gente faz?!

— Aja naturalmente. Aja naturalmente.

Shelli está tremendo atrás de mim, e eu não estou muito firme também.

Jared nos vê olhando e dá um rápido aceno. Mal é um aceno. É mais como se estivesse só balançando levemente a mão.

A porta se abre.

— Oi.

— Oi.

Shelli assiste em silêncio enquanto Jared mantém o olhar fixo em mim. Ela está cravando as unhas nos meus braços como se fossem minifacas em formato de meia-lua.

— Muito movimento?

— É, er... acho que todo mundo está vendo o jogo, então...

— Acho que isso significa que tive sorte.

Shelli está basicamente esfaqueando meu braço com as unhas agora.

— Então... Você não gosta de futebol...?

— É legal. — Ele dá de ombros.

Isso faz de Jared o único cara em Nebraska que não é adorador do altar da bola oval.

— E você?

— Sei lá. Às vezes é legal, eu acho.

— Ahá! Vamos ver se eu adivinho... torce pelo Packers.

— O que...? Como você sabe? — Não consigo não sorrir agora. Estou ferrada, mas Jared é tão gato que talvez eu esteja delirando.

— Porque é meio que tradicional. Eles são um time meio *old-school*.

— Ok. Você me pegou.

— Peguei?

Agora ele está sorrindo. Esse cara é bom. Ele realmente sabe fazer uma garota corar.

Shelli me dá uma cotovelada, não muito sutil.
— Ah, essa é minha amiga Shelli.
— Oi, Shelli.
— Oiii...

Shelli dá oi de um jeito bem esquisito. É como o barulho de um balão sendo esvaziado.

— Então, posso fazer algum pedido ou... é dia de decoração de Halloween exclusivamente?
— Haha, muito engraçado.

E com isso deixo Shelli tremendo na porta com os esqueletos. Agora, atrás do caixa, estou meio que desejando que eu tivesse nascido numa daquelas famílias em que não é necessário trabalhar. Como a de Jared.

— Você fica bonitinha nesse uniforme.

Ele leu meus pensamentos ou algo assim?

— É? Não acha que fico parecendo um ovo de Páscoa?
— Não. Acho que fica parecendo alguém que eu deveria estar pedindo em casamento.

BOOM!

Isso foi demais para Shelli. Ela deixa cair o esqueleto, a caixa de decorações e a fita adesiva. Ela levanta o olhar, mortificada. Jared faz um aceno positivo com a cabeça, sorrindo.

— Estou vendo que é perigoso trabalhar aqui.
— É. Ok, então... batatas fritas ou talvez...?
— Quero um Bunza de queijo. Batatas fritas. Uma Dr. Pepper...
— Ah, você faz o tipo Dr. Pepper?

— Sim. Sou fã de Dr. Pepper. Não gostaria de ser uma também?

Não consigo não rir com esse cara. Ele é engraçado. Meio que surpreendente. Achei que talvez ele fosse apenas mais um babaca bonito e burro. Mas isso? Isso é injustiça.

— E um milk-shake.

— Sério?

— É. Um milk-shake. Em vez de Dr. Pepper. Ah... e você. Gostaria de sair com você. Sábado à noite.

Puta. É... Merda.

— Isso não está no cardápio ou seja lá onde...

— Eu sei. Foi bobo. Eu estava tentando parecer esperto.

Shelli parece estar pendurando a decoração cada vez mais perto da gente.

Jared sussurra:

— Acho que sua amiga está nos espionando.

— Bem, obviamente. Você parece suspeito.

Ele sorri.

— Qual é? Sério? Você vai sair comigo. Sábado à noite.

— O quê? Não posso. Nunca saí com alguém. Tipo, nem sei se meus pais vão deixar.

— E se eu falar com eles? E se eu pedir a eles? E se eu for na sua casa e respeitosamente pedir a seu pai...

— Ele não é meu pai. É meu padrasto.

— Respeitosamente pedir a seu padrasto, e a sua mãe, sua mão para um encontro.

— Ah, meu Deus, você é maluco.

Mas estou sorrindo. Basicamente nem consigo acreditar que isso está acontecendo. Se Becky estivesse aqui ela iria morrer.

— Na verdade acho que minha amiga Becky gosta de você...

— Sua amiga Becky é uma pessoa horrível que provavelmente bebe sangue de criancinhas todo dia no café da manhã.

— Uau. Descrição bem precisa.

Shelli está espiando de trás de uma abóbora. Seus olhos estão do tamanho de uma abóbora.

— Ok. É isso. Vou pedir a sua mãe. Respeitosamente. E a seu padrasto.

— Está falando sério? Sério mesmo?

— Estou falando sério. Sério mesmo.

Ele sai, ainda sorrindo.

— Ei, espere, você esqueceu seu...

Shelli me olha do outro lado do Bunza Hut. Ela está sussurrando, mesmo que estejamos só nos duas aqui dentro de novo.

— Anika! Anika!

— Ele esqueceu a comida...

— Anika, sabe o que isso significa?

— Que ele vai voltar?

— Não. Não. Isso significa que... Acho que talvez... você seja a menina mais popular da escola agora.

vinte e oito

A conclusão de Shelli, de que agora subitamente passei a ser a menina popular número um, está errada. Muito errada. Mas é legal da parte dela ter dito isso, e lisonjeiro.

Na verdade o que isso significa é que Becky, quando descobrir, vai até minha casa, vai cortar fora meus braços e pernas, me fazer comer os pedaços, e em seguida cortar minha cabeça fora. Sei disso tão bem quanto sei que o céu é azul, que as folhas são verdes e que esportes são chatos.

Estou tentando estudar no meu quarto, o que é difícil quando você sente que ser desmembrada está no seu futuro próximo.

Minha mãe, em seu modo Mamãe Noel, traz leite com biscoitos para mim. Sei exatamente o que ela vai dizer.

— Querida, não fique acordada até muito tarde...

Concordo com ela. Ela tem razão. É que tenho esse hábito de procrastinar com meu dever de casa até a última, iminente, pior hora para possivelmente fazer qualquer coisa.

— Teve notícias de Tiffany, querida?

— O q...? Não... ela só volta a trabalhar na quarta.

— Ah... Bem, espero que esteja tudo bem.

— Eu também, mãe.

Ela fica parada ali um segundo.

— Ah! Eu quase esqueci. Alguém deixou uma coisa para você... espere um minutinho...

Ela sai apressada, e agora estou supercuriosa. Ninguém jamais deixou uma coisa para mim aqui em casa antes. Nem acho que alguém saiba exatamente onde eu moro.

— Aqui. Parece um presente, imagino.

É uma caixinha. Veludo preto. Fechada com um lacinho branco.

Meu coração acelera.

— Bem, não vai abrir?

— Não sei, mãe. É um presente seu?

— Não. Não, querida. Eu juro, alguém deixou na porta. Os meninos encontraram, na verdade. No degrau da frente.

— Que estranho. Ok, lá vai...

Desfaço o laço branco e levanto a tampa.

Uau!

É um cordãozinho de ouro com meu nome em letras cursivas. Anika. Em letras lindas.

— Uau! Que maneiro!

— Nossa, é lindo mesmo. Aqui, deixe que eu coloco em você.

Minha mãe vai para trás de mim e fecha o cordão.

— Então... sabe de quem é?

— O quê? Não tinha um cartão nem nada?

— Não. É um mistério.

Minha mãe e eu ficamos olhando o colar no espelho. É chique. É caro...

— Ok, agora tente ir dormir. Por favor? Senão vou achar que não estou fazendo bem o meu trabalho.

— Ah, mãe? Alguém já te disse que você é basicamente um docinho em forma de gente?

Minha mãe sorri e anda até a porta.

— Ai, essa sua imaginação...

— Boa noite, mãe.

— Boa noite, querida.

vinte e nove

A primeira pessoa na escola a reparar no colar é Becky. É claro.

— Legal. Onde comprou?

— Ah... minha mãe. Ela achou...

— Hum. Que legal. É seu aniversário ou coisa parecida?

— Não, é só... Ela disse que viu e pensou em mim.

— Ela viu um colar escrito Anika? Onde, tipo, na loja Anika?

— Não, quis dizer que ela viu, tipo, esses colares de nomes, e pensou em mim.

— Ah. Que seja.

Shelli está parada ao meu lado. Ela sabe que estou mentindo. Ela pode sentir.

— Isso é incrível, queria que minha mãe fizesse algo assim...

— Shelli, o único colar que sua mãe vai comprar para você é de Jesus crucificado.

Becky, como sempre, está falando a verdade.

Minha vez:

— Tudo bem, Shelli. Eu te dou um colar com Jesus crucificado.

Shelli sorri para mim. Ela sabe que estou do lado dela. Que estamos nessa juntas.

— Nossa, por que vocês não vão para um quarto logo?

Becky fica louca com o fato de eu e Shelli sermos próximas. Ela quer dividir e conquistar, de todas as maneiras possíveis. Ela é desequilibrada.

O sinal toca, e todo mundo começa a disparar em direções diferentes, como loucos, e, naturalmente, dou de cara com Logan.

— Recebeu o colar?

— O quê? — Olho ao redor para ter certeza de que ninguém está registrando este encontro.

— Recebeu o colar? Deixei um colar para você. Na sua casa.

— Ah! Sim, olhe, aqui está. Estou usando.

Não sei por que estou me sentindo surpresa. Acho que eu não tinha certeza de que era de Logan?

Ele me olha com uma expressão de cachorrinho triste e me sinto a maior cretina do mundo, mas não sei por quê.

— Foi muito legal da sua parte. Obrigada. Muito obrigada.

Ele sorri. A segunda campainha toca.

— Preciso ir.

Ele sai e dobra o corredor, e eu fico parada ali, imóvel, atrasada para a aula de física, me dando conta de que sou a pessoa mais burra do planeta porque, por algum motivo insano, achei, e não ria quando eu disser isso, mas eu achei... bem, eu achei que o colar era um presente de Jared.

trinta

Senhoras e senhores, estou confusa.

De um lado há Logan, que, mesmo sendo um pária social, é realmente legal e esperto, e pensa de um jeito diferente de qualquer pessoa que eu já conheci na vida. E, do outro, há Jared Kline, rock star, rei supremo e a única pessoa do mundo que pode me proteger de Becky Vilhauer. Isto é, é como tentar escolher entre James Dean e Elvis Presley. Sério, quem poderia fazer uma escolha dessas?

Minha culpa me levou diretamente à mesa de jantar da casa de Logan.

Se está se perguntando o quão perto Becky mora de Logan McDonough, a resposta é... do outro lado da rua. Eu sei. Cenário de apocalipse. A única coisa boa é que... a casa dela é afastada à distância de um campo de futebol da rua porque precisaram abrir espaço para colocar árvores, um muro, um chafariz e outras coisas para fazer as outras pessoas se sentirem mal.

Então, mesmo que Becky more a uma distância tão curta de nosso jantarzinho amigável, na verdade não estou com tanto medo. E por não estar com tanto medo, quero dizer que só cheguei três vezes desde que cheguei para ter certeza de que ninguém me viu.

Além disso, há outras coisas a temer. Como a família de Logan. Primeiro tem a mãe dele, que, pelo que percebi, tem um drinque colado permanentemente na mão. É uma bela loira com um anel de diamante enorme e tudo mais. Mas tem alguma coisa triste nela. Alguma coisa resignada. É como se o peso daquela enorme pedra brilhante a puxasse para baixo. Depois há os dois irmãos mais novos dele, Billy e Lars, que têm 3 e 6 anos, respectivamente. Você poderia escalá-los para um comercial de cereal, de tão perfeitinhos que são. Billy, especialmente, é um loirinho de olhos azuis como o céu.

E então há Logan e eu.

E finalmente, a *pièce de résistance*... o pai de Logan.

O pai de Logan parece o tipo de cara que você tenta evitar. De suéter, todo cheio de sorrisos. Apavorantemente alegre. E falante. Muito falante. Isto é, o cara não cala a boca. Até agora durante este jantar, que ele mandou fazer, a propósito. Não estou brincando. Ele pediu comida e até mandou vir um cara em uniforme de chef para nos servir. Ele já deve ter feito isso antes, porque o cara de uniforme branco sabe duas coisas: (1) Onde estão os pratos, e (2) Mantenha o copo da esposa sempre cheio.

Isto é, este jantar, numa terça à noite, apenas uma noite de terça-feira normal, sem ser feriado nem nada, deve ter custado uma fortuna. Tipo, o orçamento da minha mãe para um mês inteiro de mercado. Aparentemente isto é normal para ele. Durante seu monólogo sobre como ele planeja triunfar sobre as restrições em sua nova subdivisão, Logan se inclina para mim.

— Ele gosta de se exibir.

O pai de Logan não gosta de interrupções.

— O que disse, filho? Quer compartilhar com o resto da mesa?

— Eu estava só comentando com Anika como você é um mestre do ramo imobiliário.

— Ah. Então, como eu estava dizendo, ainda estamos esperando as autorizações. Devem estar saindo a qualquer momento. Merda de cidade.

E agora a mãe de Logan intervém:

— Na frente dos meninos não, por favor.

A mesa fica em silêncio.

E aí o pai responde.

— Tem razão. Eu devia ter soletrado. Aquelas M-E-R-D-A-S de autorizações são uma M-E-R-D-A de perda de tempo!

Ele bate o copo na mesa, e, como se numa gangorra, conforme a mão dele desce, a mãe de Logan se levanta. Ela gentilmente vai até os meninos, beijando Billy na testa enquanto ele a abraça como um coala. Lars também fica por perto, agarrado na sua perna. Ela até põe o drinque na mesa, um milagre, enquanto leva os meninos para o andar de cima.

Logan olha para a mãe, e agora dá para ver quem ele mais ama no mundo. E que ele quer salvá-la desta *coisa* na outra ponta da mesa. Dá para ver isso também.

O pai não se abala. Ele continua falando e falando até o final do jantar, até durante a sobremesa. Zonas, autorizações, a maldita burocracia, tudo uma conspiração para arruinar a vida dele com papeladas. Quando ele nos leva para seu *man cave* no porão, já tomou uns seis uísques.

Os fornecedores do bufê estão limpando a mesa. A mãe de Logan se retirou para o quarto, o barulho da TV abafado vindo do alto das escadas. E os dois irmãozinhos, Lars e Billy, estão lá em cima também, esperando que Logan os coloque na cama, o que acho que ele deve fazer toda noite. E que, honestamente, faz Logan ganhar muitos e muitos pontos.

Lá embaixo, o homem da casa está orgulhoso de seu armário de armas ou seja lá o nome disso. Vitrine, imagino. Minha mãe surtaria se me visse nesta sala. Sem brincadeira.

Enquanto isso, o pai de Logan está apontando cada uma de suas preciosidades, uma litania de nomes que parecem todos vagamente ameaçadores, conquistadores, e que são todos, obviamente, inventados nos recessos distantes das salas da diretoria dos fabricantes de armas, onde um painel de homens provavelmente fica sentado em volta de uma mesa, sugerindo nomes que façam homens sentirem que seu pênis é maior do que realmente é.

Logan está completamente envergonhado pelo pai, que se gaba de cada uma das armas, dos respectivos nomes e de que tipo de animal ele já matou com elas.

Ah, e eu comentei sobre a insana quantidade de "troféus" de veados, gansos e javalis que ele tem expostos na sua *man cave*? Deixe-me dizer uma coisa... Comecei a contar cinco minutos atrás, mas perdi a conta. Tantos assim.

Neste momento, ele está me mostrando uma arma que acho que vi naquele filme, *Rambo*.

— Veja, essa aqui é uma beleza. Rifle semiautomático Bushmaster AR-15. Quer segurar?

— Pai...

— Estou perguntando à sua amiga, obrigado.

— É não, senhor. Não, obrigada.

— Azar o seu. Quer ver mais uma coisa?

Ele está prestes a tirar mais uma arma da vitrine quando Logan recomeça:

— Ok, pai, a gente realmente precisa...

E acontece tão rápido. Acontece antes que eu sequer me dê conta de que está acontecendo e antes que eu consiga acreditar.

O pai de Logan lhe dá um tapa no rosto tão forte que deixa uma marca.

Silêncio.

Lá em cima, os funcionários do bufê fazem seu ruído de louça e talheres, mas aqui embaixo há apenas silêncio.

O pai de Logan olha para ele, com aquele olhar bêbado de desafio. *Apenas ouse reagir, filho. Quer reagir?*

Ele inspira profundamente.

— Eu *disse* que estava falando com a sua amiga.

Não há o que dizer. Isto é, há um milhão de coisas a dizer, mas não posso dizer nenhuma delas.

Logan levanta a cabeça, com uma das mãos no rosto. A marca vai de seu queixo até a orelha.

— Obrigado, pai. Você sempre soube como deixar uma boa impressão.

Logan sobe as escadas, e não o culpo.

Agora somos apenas eu e o Rambo aqui.

— Perdoe meu filho, Anika. A mãe dele não foi bem-sucedida em ensiná-lo boas maneiras.

— Eu, eu, é...

— Mas aposto que consegue entender por que um homem teria tanto orgulho de uma coleção como essa — continua ele. — Olhe só para isso! Sabe quanto cuidado e dinheiro há dentro desta vitrine?

Aceno positivamente.

— Sinto muito, Sr. McDonough, mas eu tenho hora para voltar pra casa.

E com isso ele sorri, pega aquela arma ridícula de desenho animado, e creio que seja minha deixa. Sim, definitivamente é a minha deixa.

Subo as escadas com o sorriso mais desconfortável do mundo. Sem movimentos bruscos. Do alto da escada, olho de volta para o bom e velho papai. Ele está sentado num banco alto com seu uísque e seu Bushmaster. Obs.: Belo nome, Bushmaster.

Ele está sorrindo para si mesmo, um sorriso obtuso, sem foco. Seus olhos estão embaçados. Quase parece que ele está falando sozinho, mas não está saindo som. O que quer que seja, aposto uma moeda com você que é algum tipo de discurso paranoico sobre o governo, liberdade, nossos antepassados, e como um dia ele ainda vai salvar o mundo.

Então. Acho que Logan ganhou de mim no quesito mau pai.

Ele está no alto das escadas, me esperando.

— Sinto muito, Anika.

— O quê?! *Você sente muito?* Não. Eu... Eu nem sei o que...

— É. Meio que um desastre.

Chegamos ao segundo andar. Há duas escadas, uma para os "serviçais", imagino, e uma para as pessoas teoricamente importantes. Espero nos degraus dos empregados enquanto Logan coloca Billy e Lars na cama. Estou morrendo de medo de o pai dele vir cambaleando pelas escadas de gente importante com aquela arma--do-pênis-pequeno idiota. Felizmente, esses degraus oferecem um tipo de abrigo. Isto é, não muito, mas pelo menos é alguma coisa. A mãe dele também está escondida. A porta do seu quarto está fechada, a luz azul da TV passando pela fresta.

Consigo entender por que ela não deixa o copo vazio. Eu provavelmente também não deixaria se fosse casada com esse louco.

Se eu der uma espiadinha, posso ver Logan acendendo o abajur deles, um mini Yoda que combina com os lençóis de *Guerra na Estrelas* e as meias de R2-D2 de Billy. Billy não quer largar seu dinossauro, mas Logan explica que ele precisa protegê-lo da beirada da cama. Billy enxerga a lógica nisso e cede.

— Viu? Seu dinossauro vai proteger você. Rawr!
— É um anquilossauro.
— Ah, OK. Seu anquilossauro vai proteger você.
— Posso colocar meu T-Rex também?
— Sim, é claro. Precisa do seu T-Rex e do seu anquilossauro. Eles estão em conluio.

É uma criança de 3 anos esperta, preciso admitir. Não sei nem se eu teria conseguido dizer anquilossauro, muito menos ter reconhecido um naquela idade. São dois garotinhos tão fofos, Billy, com sua cabeça loira, e Lars, com seu pijama do Homem-Aranha. O quarto deles é cheio daquelas coisas que crianças adoram. Trens. Dinossauros. Caminhões. A *Millenium Falcon* e a Estrela da Morte prontas para batalha na prateleira.

Vendo Logan ali, colocando os dois para dormir e dando um beijo na testa de cada um, não consigo não pensar em como sou idiota e em como ele pode ser, possivelmente, o cara mais legal do mundo.

trinta e um

Quando chego ao trabalho na quarta-feira, encontro um drama total. Quando entro, Shelli indica os fundos com um aceno de cabeça, me olhando com a expressão universal de "Jogaram a Merda no Ventilador". Entro e encontro Tiffany nos fundos com o gerente e dois policiais.

Policiais? Mas que...?

— Anika, agora não. Temos uma situação.

Tiffany mal consegue levantar a cabeça para mim. Ela parece assolada, e dá para perceber que andou chorando.

— O que está acontecendo? O que é isso?

— Bem, se precisa mesmo saber... Tiffany aqui tem roubado.

E então me dou conta.

Ah, não. Esse tempo todo tenho roubado na cara deles, e agora eles acham que foi Tiffany! Porque ela é negra. Simples assim.

— Não tem, não!

O Sr. Baum zomba:

— Hum, Anika? Acho que eu sei quando as contas não batem.

Tiffany, na cadeira de plástico cinza do canto, parece estar sentindo dor. Deus, isso é excruciante! Terei que confessar. Terei que me entregar. Terei que arruinar minhas chances de entrar na faculdade. Cristo. O Conde Drácula vai me matar e esquartejar. E depois vai alimentar urubus com os meus pedaços. E depois vai matar e esquartejar os urubus.

— Não. Escutem. Não foi ela, eu juro...

— Anika, shhh!

E então ele passa o vídeo. O vídeo da câmera que eles têm apontada para a caixa registradora. E os policiais veem, e Tiffany vê, e eu vejo.

O vídeo realmente mostra Tiffany roubando da registradora.

Sem plano, sem sistema, sem nada.

Pura e simplesmente roubando.

Não consigo acreditar. Não acredito no que estou vendo.

Tiffany olha para mim, o rosto vermelho. Posso ver que ela está totalmente envergonhada.

Ela fala sem som:

— Sinto muito.

Eu respondo sem som:

— Tudo bem.

E quero contar a ela que estamos roubando sem parar há seis semanas e que foi por isso que eles pensaram em ver o vídeo, então a culpa é minha, e é mesmo, a propósito. Isso é tudo culpa minha.

— Senhor, o senhor quer prestar queixa?

— Com certeza quero.

Ugh. Que babaca. Preciso fazer alguma coisa.

— Não, espere! Eu a obriguei!

— Como é?

— É, eu obriguei ela a fazer isso. Foi burrice, e a culpa é minha.

— Olhe, Anika, é legal da sua parte, mas...

— Sr. Baum, eu a mandei fazer isso! Disse que se ela não obedecesse eu ia fazê-la ser demitida. Fui estúpida e imatura e nem sei no que estava pensando, mas ela não queria. Eu juro. Ela implorou.

O Sr. Baum fica me olhando, ainda duvidando.

— Não é do seu feitio, Anika.

— Eu sei. Eu disse a ela que era como uma iniciação. Eu estava sendo uma babaca. Não sei o que eu estava pensando.

— Isso é verdade, Tiffany?

Tiffany me olha em busca de permissão. Aceno com a cabeça o mais discretamente possível.

— Sim, senhor.

— Anika obrigou você?

— Sim, senhor.

— Por que não nos contou?

— Eu não queria metê-la em encrenca.

— Bem, ela certamente meteu *você* em encrenca.

Tiffany assente. Os policiais cochicham alguma coisa para o Sr. Baum. Posso ver Tiffany atrás deles. Fazemos contato visual.

Ela diz mais uma vez:

— Obrigada.

Dou uma piscadela.

Mas isso não significa que não estou ferrada. Estou encrencada agora, e minha mãe vai me matar. Provavelmente serei demitida. Ora, paciência. Não é como se meu sonho fosse ser dona do Bunza Hut, mas...

— Tiffany, você está demitida.

— O quê? — grito. — Mas ela não fez nada!

— Anika, fique fora disso. Você já aprontou o bastante, não acha?

— Por favor, Tiffany, pegue suas coisas e ligue para sua mãe. É hora de você ir embora. É isso.

— Sr. Baum, por favor...

— E você. Vamos ter uma conversinha. Venha comigo.

Ugh. Por que vim trabalhar hoje? Por que aceitei esse emprego idiota em primeiro lugar? E pior. Por que fui roubar? Isto é, o que eu estava pensando? É claro que o Sr. Baum prestaria queixa se descobrisse. Ele é um sujeitinho mau, descontando no resto do mundo.

Ele me arrasta até o depósito. Somos apenas nós dois e o inventário do Bunza Hut.

— Anika. Eu sei que você está mentindo.

— O quê?

— Sei que está mentindo para proteger a garota.

— Não, eu não estou.
— Tudo bem. Você é uma boa pessoa.
— O senhor não vai me mandar embora?
— O quê? Não. Você é nossa melhor funcionária.
Engulo em seco. Deus, que injustiça. Se ele soubesse...
— Gostaria de lhe dar um aumento.
Eu realmente preciso parar de drogá-lo com Valium. Claramente está afetando seu cérebro e sua capacidade de tomar decisões.
— Sr. Baum, o senhor não...
— Apenas pare. O Natal está chegando, talvez você possa comprar alguma coisinha...
— O senhor realmente precisa demiti-la?
— Sim, Anika, preciso. Essas pessoas precisam saber...
— Essas pessoas?
— Você sabe.
— É... Sr. Baum, só porque ela é...
— Anika. Às vezes os estereótipos existem por um motivo. — Ele faz uma pausa. — Olhe. Você é jovem, Ainda não sabe de nada. Um dia vai entender. Agora volte ao trabalho. Shelli provavelmente já quebrou a registradora a essa altura.

Não sei o que pensar disso tudo. Tudo que sei é que sou a pior pessoa do planeta Terra. Pior que a mais inferior ameba e o menor verme a rastejar no pior pântano da Terra.

Volto ao caixa, e Shelli vai para o meu lado, perto o bastante para sussurrar.

— O que aconteceu?

— Ele demitiu Tiffany.

Os olhos já arregalados de Shelli transformam-se em pires.

— Por quê?!

— Por roubar.

Shelli olha para mim. Ela sabe que a culpa é nossa. Ela não sabe no que pensar. Posso ver a engrenagem de seu cérebro travando.

— Flagraram ela no vídeo.

— O quê? Foi?

— Sim. Eu vi.

— Então não foi...

— Não. Não foi.

— Ufa. Isso me faz sentir melhor.

— Bem, eu não, porque provavelmente não teriam nem notado se não fosse pela gente.

— Ah.

— Acho que nossa carreira como ladras chegou ao fim, Shelli.

Através das decorações de Halloween, pelas portas de vidro, posso ver a mãe de Tiffany chegar correndo e frear bruscamente. A mulher não está feliz. Tiffany entra, e mal consigo conter a vontade de ir correndo lá fora e puxá-la de dentro do carro e pedir para ela ir para a minha casa, ir até a minha mãe, se juntar à nossa família. Não é culpa dela. Nada disso é culpa dela. A culpa é minha. Toda minha. E sei disso.

trinta e dois

Está fazendo menos um grau, e mamãe está me levando para casa depois do meu turno. Já está escuro, e dá para ver a nossa respiração.

— Mãe, você acredita em Jesus?
— O que, querida?
— Você acredita em Jesus? Tipo, que ele foi filho de Deus e fez todos aqueles truques de mágica e depois foi para o céu em três dias ou sei lá quantos?
— Não sei, querida. Não se sabe ao certo.

Continuamos nossa corrida em sacrilégio.

— Mas uma coisa é certa, Anika. Tudo que vai um dia volta.

Uh-oh. Essa não era a mensagem que eu queria ouvir.

— Como foi o trabalho, meu bem?
— Ah, você sabe...
— Muito parado?
— Mãe, eles demitiram Tiffany.

— O quê?! Por quê?
— Por roubar.

Estamos quase em casa, e ainda assim parece longe demais. Odeio o frio. Até dentro do carro os pés congelam, e os dedos parecem minipicolés.

— Mas como eles...?
— Foi registrado pela câmera.
— Ah, isso é horrível. Simplesmente péssimo.
— Eu sei. O Sr. Baum obviamente acha que é porque ela é negra.
— Hmm.
— Mãe. Não é porque ela é negra, é porque ela é pobre. Eu também roubaria se estivesse no lugar dela.
— Não, você não faria isso.
— Mãe, muita gente rouba. Muita. Pessoas que nem pobres são.

Agora estamos paradas na entrada da garagem.

— Como quem?
— Não sei. Pessoas.
— Bem, que pessoas?
— Esquece.
— Como você?
— O quê? Não.
— Olhe. Não estou dizendo que você é uma delas, ou que roubou. Não estou dizendo isso. Mas se você é, ou se você fez, é melhor parar imediatamente, e estou falando sério. Hipoteticamente.
— Mã-ãe.

— Quer que alguém preste queixa? Quer arruinar seu histórico para a faculdade? Quer ficar presa aqui pelo resto da vida?

— Não.

— OK. Bem, então nem pense nisso. Estou falando sério... Ok. Querida? Você não é assim. Ok? Não foi assim que a criei.

Mas ela está errada. Mesmo tendo feito tudo que uma mãe poderia fazer para resultar numa torta de pêssego, por dentro ainda sou uma sopa de aranhas. Sempre serei sopa de aranhas. Vou passar o resto da minha vida fingindo que não sou e que sou algodão doce e bala e torta de maçã, mas por dentro, lá no fundo... bem, mergulhe uma tarântula em chocolate e você chega perto.

trinta e três

O que há de perfeito em relação a uma quarta-feira à noite é que ninguém nunca acha que você vai a lugar algum. É como se fosse o março da semana, não tem nada acontecendo. Logan está me esperando lá fora na esquina, e eu estou fazendo meus movimentos acrobáticos e sexy para sair pela janela e descer pela árvore antes que minhas irmãs me escutem e me dedurem. Cara, como elas iam gostar disso.

Você praticamente poderia desenhar um coração ao redor de Logan, em pé ali sob a luz do luar, com sua lambreta e sobrancelha vagamente franzida. Quando ele me passa seu capacete já me esqueci completamente da Tiffany e do dinheiro e do fato de que obviamente vou para a cadeia.

Acelerando pela minha rua chata até o lago Holmes, não vemos uma alma ao redor. E não é mesmo para ninguém estar no lago Holmes a uma da manhã. É uma cidade familiar, entende? Aqueles pedalinhos e ciclovias são estritamente destinados a pessoas usando protetor solar. Precisamos passar por um buraco na cerca, a mais ou menos 800 metros da casa de barcos. O lago é a grande atração deste parque, e o parque tem quase 5 quilômetros de largura. É como se fosse a grande atração da cidade e, mesmo que fique perto da nossa casa, nunca viemos aqui em família. Acho que é porque não tem televisão.

Indo na ponta dos pés pelo escuro até a casa de barcos, a sensação é de que poderíamos dar de cara com algum serial killer, um grupo de mortos-vivos, ou talvez só o habitual assassino com um machado. Logan deixou a lambreta para trás e está segurando minha mão. Ele está de mochila, então imagino que tenha algum plano.

Dá para ver as estrelas refletidas na superfície do lago, parada como gelo e provavelmente tão gelada quanto. Está um breu aqui, e posso apostar que, em algumas ocasiões, mais de uma pessoa deve ter ido direto para o lago. A casa de barcos é basicamente uma caixa de madeira trancada de um só andar, mas isso não parece impedir Logan de tentar abrir o cadeado com um grampo.

— Hum. Você é agente da CIA?

— Sim. Essa é a primeira coisa que aprendemos na escola de espiões.

Ele abre o cadeado na terceira tentativa e, quando me dou conta, está dentro do abrigo.

— Fique aqui fora, só um instante.

Ok, isso é irritante, porque estou começando a congelar. O barulho dos barcos a remo, batendo no cais, é mais ou menos o segundo som mais assustador do mundo. O cais avança uns 15 metros lago adentro; e, em volta dele todo, há barquinhos a remo amarrados, como folhas numa árvore.

— Ok, ok. Pronta?
— É... Sim.
— Ok... tcha-raaam!

Olho para dentro do lugar, e não é exatamente o Ritz ou coisa assim, mas preciso dar o braço a torcer para Logan. Nota A pelo esforço. Tem umas cinco lanternas espalhadas, você sabe, aquelas do tipo que a gente vê guardas de farol com rosto enrugado segurando nas pinturas. Aquelas a óleo e não sei o que mais para manter um fogo contínuo que não esquente demais suas orelhas. Tem uma mesinha no meio com uma lanterna e uma espécie de piquenique — uvas, queijo, cerveja. Você poderia achar que parece algum cômodo de aluguel barato, mas Logan parece estar bem orgulhoso e você teria vontade de fugir com ele de madrugada, nem que fosse para um lugar como Oklahoma.

— Puxa. Não sei o que dizer...
— Pra que dizer alguma coisa? Não precisa...
— Está bem.

Ele puxa uma cadeira de madeira para mim, e me sento, de repente sentindo-me envergonhada, ou preocupada, ou como se alguma coisa fosse dar errado e ele percebesse que não sou digna de tudo isso afinal.

— O que foi?

— Eu não sei. Acho. Só quero que você goste de mim.

— Eu gosto de você. Por que acha que fiz isso tudo?

— Eu sei, mas é que... Quero que continue gostando, sabe?

— Então está, tipo, preocupada com uma coisa que não está acontecendo?

— É, mais ou menos.

Os barcos lá fora balançam no cais, rangendo.

— Sabe, Anika. Dá para desperdiçar a vida inteira só se preocupando, sabia?

— Como assim?

— Bem, e se você olhar para trás um dia, tipo: "Putz... tudo que fiz foi me preocupar... durante os últimos oitenta anos"...

— Acho que sim.

— Olhe, você não precisa de um A+ agora, ou ser popular nem nada. Só precisa estar aqui comigo.

Eu meio que fico sem saber o que dizer com isso. Exceto que é perfeito.

Estou olhando para ele, e é como se ele fosse o herói, mas um tipo de herói sombrio, e eu sou a ingênua da história, e a qualquer momento ele vai me pegar no colo e a música de cinema vai aumentar, e "FIM" vai aparecer em letras cursivas na tela antes dos créditos.

Ele se inclina para perto, e estamos prestes a nos beijar, e os fogos estão prestes a estourar, e a orquestra prestes a tocar.

Porém.

Há um barulho do lado de fora, um rangido no cais, e não é o som de barcos balançando. É um barulho de passos.

Então neste momento a música para e o projetor pifa e a tela fica branca e as luzes do cinema se acendem e a plateia resmunga, revoltada.

Os passos estão ficando cada vez mais pesados e próximos.

— Ei! Quem está aí? Saiam daí! Saiam logo.

Não é uma voz muito gentil. E de ninguém da cidade, também. É a voz de alguém que vem de uma cabana em algum lugar do meio de uma roça.

Logan, parado junto à porta, faz um gesto para que eu fique quieta.

— Posso ajudá-lo?

— Sim, você pode me ajudar. Eu sou o maldito segurança, e você pode ajudar a maldita segurança dando o fora daí agora.

— Combinado, senhor. Só me deixe em paz e irei para casa. Prometo.

— Eu disse agora e falei sério.

— Eu também, senhor. Só me dê dois segundos...

Mas a porta se abre e lá está ele.

O cara tem o rosto e os cabelos vermelhos, e é cheio de sardas. Ele podia até ser um representante da cor vermelha. Está de parca, galochas, e posso sentir seu cheiro da mesa. Uísque. Acho que não posso culpá-lo. O que mais ele vai fazer, tendo que rondar pelo lago Holmes todas as noites sem ninguém com quem conversar além dos postes?

Ele também apresenta crescimento de pelos em lugares estranhos. Como dentro de suas orelhas. E do nariz. Estou surpresa por ele não ter pelos saindo dos olhos, para ser sincera. O único outro lugar em que ele não tem pelos mutantes é na boca. Isso porque sua boca representa cuspe, em grande quantidade, saindo pelos cantos. Uma boca larga num monstro de rosto vermelho usando parca.

Eu juraria que esse cara tinha fugido da penitenciária, mas ele tem o logo do parque naquele casaco, então pode mandar na gente.

E é quando ele me vê e alguma coisa muda. Ele olha pelo lugar, notando as lanternas e o piquenique e assovia.

— Ora, ora. Parece que temos um romance aqui...

Logan pisa na frente dele me protegendo, tentando bloquear sua visão.

— Já vamos sair daqui, não se preocupe.

— Ah, não estou preocupado. Não mais.

Noto Logan se eriçar.

— Eu disse que estamos indo embora.

— Ok. Façam o que quiserem.

Ele fica de guarda na porta enquanto Logan e eu corremos para dar o fora da merda de estaleiro desse *troll*. Daria para nos comparar a aranhas pelo jeito que estamos mexendo os braços e guardando tudo para sair dali antes que o que é que esteja no ar, mau e sinistro, aconteça.

Saímos pela porta, passando pelo bafo de uísque, e tudo parece estar sendo fácil até o bafo de uísque resolver recitar um pouco de poesia para mim.

— Arrumou uma bundinha gostosa e tanto hein?

Ele diz aquilo e antes de ele terminar ou antes que eu me dê conta, Logan está batendo com um remo de madeira na sua cabeça. O remo bate no seu rosto, e ele cai no cais com um estampido.

Começo a correr antes que ele possa se levantar e é obvio para mim que Logan está bem a meu lado, subindo a colina e passando pela cerca, exceto que então escuto um remo fazendo *crack, crack, crack* e, quando olho para trás, Logan não está atrás de mim, nem perto. Não, Logan ainda está no cais, no mesmo lugar, subindo e descendo aquele remo, subindo e descendo com a força de um machado de guerra. E aquele cara está representando a cor vermelha, com certeza, vermelho tijolo, que ele está representando em todo o seu rosto, em suas orelhas, pelo seu pescoço, até a madeira do cais, entre as tábuas de madeira, até a água lá embaixo.

Tipo, o cara mal consegue se mexer. O cara mal consegue fazer qualquer coisa a não ser se revirar de dor, balançando de joelhos para a frente e para trás, fazendo um barulho como se estivesse implorando.

E a conclusão seria que Logan ficaria satisfeito com um *troll* meio-morto se revirando a seus pés como um peixe fora d'água, mas ele continua.

Ele continua.

— Pare!! PARE!! QUE MERDA É ESSA?! PARE!
— A voz é minha, mas as palavras parecem estar se derramando de mim, sem controle.

É a minha voz, mas ela parece não ter som, porque Logan não me escuta. Ele não me escuta e não para até o homem estar ali deitado de barriga para baixo sobre o cais, como um peixe eviscerado.

Logan olha para o homem, se acalmando, e atira o remo na água.

Ele olha para mim.

Jesus.

O homem está se contorcendo no chão, um gemido fraco e quase inaudível, mas graças a Deus está vivo.

Logan corre na minha direção, e não sei o que fazer. Que diabos eu devo fazer? Devo correr? Devo cair nos braços dele, beijá-lo e dizer "meu herói"? Que porra eu deveria fazer com o bafo de uísque espancado, e por minha causa?

Disparo em meio às árvores, tentando alcançar a cerca antes de Logan, tentando ver se talvez exista um caminho para casa, talvez seja uma longa caminhada, mas é o que mereço ou coisa assim.

Agora escuto Logan atrás de mim, subindo a colina tentando me alcançar.

— Anika!

Tem cerca de um bilhão de coisas que eu poderia dizer, mas acho que a melhor maneira de dizê-las é simplesmente sumir e deixar as coisas assim. Isto é, falando sério, e se aquele cara morrer ou coisa assim? E pior, Logan nem parece ter se dado conta do que estava fazendo. De como foi horrível.

Como aquele rápido tapa no porão.

Como o pai dele.

Isto é, até o ogro, que resolveu fazer carreira me ignorando e fazendo eu me sentir um parasita, nunca, jamais, faria uma coisa dessas. Nem ocorreria a ele. Talvez mais pipoca e mais *Wheel of Fortune*, mas nunca um tapa forte que deixa marca na hora.

E também nunca ocorreria a mim.

Mas a Logan ocorreu.

Não apenas ocorreu, mas se manifestou. Se manifestou num peixe eviscerado cheio de uísque, caído no cais, gemendo.

E você é obrigado a se perguntar. Se a coisa manifestou-se daquele jeito... no que mais poderia se manifestar? Que outras coisas essa pessoa, essa pessoa que achei que conhecia, que achei que era gentil, que achei que era boa e erudita e sofisticada, esse Logan que quase beijei naquele momento de cinema e por quem achei que estava meio apaixonada... que outras cartas ele guarda na manga?

A cerca não chega nunca, e estou ficando sem fôlego.

— Anika! Qual é?

Ele me alcança e sequer consigo olhar para ele.

— Anika. Pare. Ok? Estou aqui. Sou eu, ok?

Estamos ambos sem fôlego, e nossa respiração parece uma montanha de fumaça no frio.

Me viro para andar na direção da cerca. Pela primeira vez na minha vida não faço ideia do que dizer ou pensar ou fazer.

— Anika, sinto muito. Eu só... estava te protegendo, está bem?

— Isso não foi proteger. Isso foi loucura.
— Qual é...
— Você quase matou o cara.
— Anika, eu não quis...
— Olhe, eu sei que aquele cara era um esquisito e, confie em mim, o que ele disse foi muito nojento, mas... *que merda foi essa que acabou de acontecer?*
—Tá, eu sei, eu sei. Tem razão. O que posso dizer? Mas aquele cara... É que... se ele tivesse encostado um dedo em você eu...
— Mas ele não encostou. Ok. Ele não encostou.
— Eu sei. Já falei. Eu me descontrolei, ok? Eu me descontrolei totalmente. Porque ele disse aquela merda para você.

Ficamos ambos parados ali, recuperando o fôlego, as estrelas nem reparando em nós dois.

— Quero que me leve para casa agora. Só quero ir para casa, está bem?

— Ok. — Ele me olha com a expressão de um cachorrinho que acaba de levar bronca por ter comido o jornal. E quero abraçá-lo, quero dizer a ele que está tudo bem.

Mas não está exatamente tudo bem.

Não falamos nada pelo resto do caminho entre as árvores, nem pela cerca, nem pelas ruas sem ninguém acordado. Não dizemos nada quando desço da lambreta e devolvo o capacete e ando até a árvore debaixo da minha janela e não olho para trás.

trinta e quatro

Se você aparece para jantar na minha casa, já é motivo para uma matéria na capa do jornal. Já é uma manchete. E ninguém achou que teríamos manchetes esta noite. É apenas uma quinta-feira boba de lasanha mexicana e sobras dos outros dias da semana. Amanhã teremos palitinhos de peixe empanado. Segunda à noite minha mãe fará bife, segundo ela, o que acho totalmente nojento, mas o ogro acha que é a melhor das comidas. Se você mora em Nebraska, comer bife é o equivalente a comer laranjas na Flórida. Há bife por toda parte. O estado inteiro é um bife. Devia até ter um bife na nossa bandeira.

Eu sei, eu sei, nos outros lugares é uma iguaria ou coisa assim. Significa fartura. Aqui... significa que é segunda-feira e que ninguém liga.

Mas esta noite é meio que uma noite meio normal, não há nada. E, depois da noite passada e da grande travessura na casa de barco, estou grata. Não, esta noite nem minhas irmãs estão aprontando. Robby está no treino de futebol. Os Knights jogam contra os Spartans nesse fim de semana. Grande jogo. Para uma escola. Todo mundo vai ao jogo, mesmo se não for para assistir. É simplesmente o que se faz em Lincoln nas sextas à noite. Assim como os pássaros migram para o sul no inverno. Jenny Schnittgrund estará lá, recém-bronzeada. Charlie Russel estará lá, com uma camisa de rúgbi nova. As meninas da torcida estarão lá, congelando nas arquibancadas em suas minissaias, sonhando com sua glória futura como *cheerleaders* oficiais. *Ah, um dia, um dia, ser uma cheerleader de verdade!* Todos nós vamos, aos montes, ao jogo de futebol da sexta-feira à noite, e passeamos e rimos e congelamos, e depois todo mundo vai para o Valentino's Pizza Parlor. É como se fosse uma religião ou coisa assim.

Ficar em casa? Não ir ao jogo? Caramba. É tipo um gesto de anarquia.

(Se quer saber o quanto a comida do Valentino's é autenticamente italiana, apenas lembre-se de que a garçonete não sabe nem pronunciar "Marguerita").

Mas esta noite, na minha casa, todos estão simplesmente batendo seus talheres nos pratos e enfiando lasanha mexicana goela abaixo. E então acontece.

Bling-blong.

Levantamos o olhar.

Bling-blong. Bling-blong-bling-blong.

Congelamos. É como se fossemos culpados ou algo assim. Talvez tenhamos sido pegos por sermos tão chatos.

Minha mãe vai até a porta.

— Olá, posso ajudá-lo?

— Sim. Sim, senhora. Olá. Desculpe incomodar. Sou Jared. Jared Kline. Prazer em conhecê-la.

É como se a mesa tivesse virado uma escultura de gelo. Estamos congelados. Estamos apavorados. Estamos esperando.

Minhas irmãs, que estudaram com Jared e que idolatram o chão que ele pisa, assim como todas as outras garotas da cidade, se entreolham. Por mim? Ele está aqui por mim? É como se um apresentador de TV estivesse lá fora com balões e um cheque de um zilhão de dólares.

— Olá, Jared. Prazer em conhecê-lo também. Como pode ver, estamos no meio do jantar, então o que posso fazer por você?

— Sim, senhora. Peço desculpas. Eu só queria saber se posso sair com a sua filha no sábado à noite. Se tenho sua permissão?

Lizzie e Neener estão basicamente tendo um ataque cardíaco a essa altura. Posso vê-las já pensando nas roupas que vão usar, se perguntando qual das duas ele vai pedir. Elas vão degolar uma à outra para ir a esse encontro.

Henry nos olha, ponderando. Este é um experimento de ciências sociais que ele está achando intrigante.

— Minha filha?

— Sim, senhora... sua filha...

Se a casa inteira pudesse se inclinar para mais perto, para escutar melhor, ela se inclinaria. *O que você disse, filhinho?*

— Sua filha... Anika.

Ah, meu Deus, você devia ver a cara de Lizzie. Ela está prestes a avançar na minha direção com a faca de manteiga.

Henry inclina a cabeça de lado. Este foi um novo desenrolar. E interessante. O ogro finge não escutar. É só deixar o resto da lasanha para ele que está tudo bem.

— Anika. Você gostaria de levar *Anika* para sair.

— Sim, senhora. Com a sua permissão.

Minha mãe olha de volta para mim com uma expressão de interrogação no rosto.

Esta é a parte em que eu deveria gritar: Não! Não! Eu amo Logan! Pertenço a Logan McDonough, e ele é meu e ficaremos juntos para todo os sempre!

Exceto que não faço isso.

Na verdade, faço o oposto disso.

Aceno positivamente com a cabeça.

Minha cabeça assentiu. Eu não assenti. Mas minha cabeça, sim.

O controle de minha cabeça obviamente foi tomado por bruxas.

— E onde é que pretende levá-la neste encontro?

— Bem, senhora. Tem um festival de Halloween no centro da cidade. Tipo, com brinquedos e uma casa assombrada e coisas assim.

— Hum. Por acaso tem algum passeio de carroça cheia de feno envolvido...?

— Não, senhora. Sem carroças de feno.

— Porque não vou deixar minha filha ir a nenhum passeio numa carroça de feno com estranhos...

— Não, senhora. Eu nunca iria... Eu... eu só achei que a casa mal-assombrada poderia ser legal, e os brinquedos... Mas, se não for, podemos fazer alguma outra coisa, ir ao cinema ou...

— Feche essa maldita porta!

Obrigada, ogro. Você realmente tem jeito com palavras.

Jared põe a cabeça para dentro e vê o ogro. Ele olha para mim. E continua olhando. E me dá uma piscadinha.

Minhas irmãs fantasiam que estão me cortando e me colocando como recheio da lasanha mexicana. Ninguém sabe o que tem ali dentro mesmo.

— Bem, Jared. Parece que conseguiu seu encontro. Boa noite.

E com isso minha mãe fecha a porta na cara de Jared Kline.

Ela volta à mesa. Coloca seu guardanapo no colo. De alguma maneira todo este acontecimento a deixou sorrindo, como um gato que acaba de engolir um canário. Quem saberia por quê? Mães. Às vezes elas parecem tão bobas e preocupadas e hilárias, mas às vezes você tem a impressão de que elas sabem de tudo.

— Quem era aquele, querida? Você sequer conhece aquele menino?

— Sim.

— Humf. — Minhas irmãs zombam. Estão irritadas. Querem me ver morta.

Faço uma anotação mental para sair de fininho depois do jantar e trancar minha porta antes que elas me alcancem, me joguem no chão e cuspam na minha boca. Esse é o golpe favorito de Lizzie. Ela é demoníaca. E pior, agora está possessa.

— Então você o conhece?

— Sim.

— Conhecer? — Agora Henry se manifesta, tendo observado seu experimento social. — Mãe, ele essencialmente é o cara mais popular de Lincoln, e possivelmente de Omaha. É o equivalente a Bruce Willis aparecendo na sua porta para convidá-la para sair.

Com isso, o ogro rosna. De ciúme? Ele realmente estaria com ciúmes da situação hipotética que meu irmão sugeriu?

— Bem. Se Bruce Willis aparecesse e me chamasse para sair eu diria a ele que sou casada, muito obrigada.

— Ah, mãe. Que mentira!

Todos concordamos. Minhas irmãs jogam seus guardanapos nela, e começamos todos a rir.

— Diria, sim! Diria, estou dizendo!

— Tá bom, mãe, e eu me transformaria numa abóbora se Matt Dillon me chamasse para sair.

— É, mãe. Se Madonna me chamasse para sair eu diria a ela para ir à merda!

Com isso, todos caímos na gargalhada. Exceto o ogro. Ele está superzangado por Henry ter dito "merda", mas isso só torna tudo mais hilário e agora nenhum de nós consegue parar de rir, e nossas risadas estão nos fazendo rir ainda mais, e até minha mãe está gargalhando. Gargalhando de verdade. E isso, apenas esse fato, faz tudo valer a pena.

trinta e cinco

Hoje é o grande dia da superidiota, porcaria de corrida. O Sr. Dushane, também conhecido como "babaca", já deixou bastante claro que é um daqueles momentos tudo-ou-nada para mim.

Ele está fazendo um discurso sobre nunca desistir, e fica o tempo todo olhando para mim. Ou ele escreveu esse discurso para esta que vos fala, ou está a fim de mim. Mas eu duvido. Ele está sempre babando por Jenny Schnittgrund. Acho que ele curte rímel em excesso e pele laranja.

Shelli não dá a mínima de tirar B nesta aula, nem C, nem F, se quer saber. A mãe dela não liga. Nada importa, porque Cristo vai salvar a todos eles, então para que se preocupar? Dava no mesmo ela ficar em casa comendo bombons e assistindo a *Hogan's Heroes*.

Mas eu não. Não.

Eu preciso me importar.

Eu preciso ligar, porque, se eu tirar B nessa aula, o vampiro vai vir me tirar desta escola e me mandar para estudar num convento romeno com católicos jesuítas, ou... ou... serei condenada a uma vida comendo Cheetos com um marido chamado Bubba e nove filhos que parecem figurantes de *Mad Max*. Seremos pobres, mas teremos amor. E armas.

O que o Sr. Dushane não está esperando, são minhas habilidades artísticas. Este é meu plano.

Primeiro, começar a corrida, parecendo inspirada por este discurso tão emocionante.

Segundo, perto da marca dos 365 metros, começar a ofegar, começar a perder minha fé, começar a duvidar da existência de Deus.

E, além disso, babar.

Babar não é uma coisa difícil. Tudo que você precisa fazer é pensar num limão.

Experimente só.

Eu espero.

...

Viu, eu disse.

Ok, terceiro. A *pièce de résistance*.

Enquanto babo e me balanço, como uma novata subindo o Monte Everest, ficando sem oxigênio e cambaleando de enjoo por causa da altitude... Vou olhar para o Sr. Dushane.

Vou olhar para o Sr. Dushane porque sei que ele estará me observando e se perguntando se o discurso teria surtido efeito ou se o mundo não passa de um lugar sem sentido que consiste em uma série interminável de gestos que não significam nada.

Vou hiperventilar.

Praticamente vou cair no chão.

Vou chorar.

Mas então... então, meus amigos, vou olhar nos globos oculares que dizem você pode do Sr. Dushane e vou me encorajar, não, vou me inspirar. Subitamente sentirei uma onda de poder, esperança, e de triunfo do espírito humano. A glória vai tomar conta de mim.

Não, minhas pernas não vão ceder!

Não aqui! Não agora!

Não depois do Sr. Dushane e de seu discurso idiota!

Hoje é o dia em que o Sr. Dushane me salva!

Hoje é o dia em que o Sr. Dushane muda uma vida.

Hoje é o dia em que o Sr. Dushane faz a diferença.

Exceto que, nos 457 metros... onde o triunfo do espirito humano deveria estar tomando conta de mim, eu caio no chão com um estrondo e apago.

trinta e seis

É, eu provavelmente devia ter treinado.
Isto é, uma coisa é planejar um grande ato teatral, mas é outra coisa totalmente diferente executá-lo. O que, aparentemente, nunca passou pela minha cabeça.
O Sr. Dushane está em pé acima de mim. Assim como Shelli, Jenny Schnittgrund e Charlie Russell. Eles estão seriamente preocupados.
— Anika, Anika, consegue me escutar...?
— Anika, não siga a luz!
(Essa só pode ser Shelli).
De repente, os círculos embaçados ao meu redor se transformam em cabeças, e o Sr. Dushane está agachado sobre mim, como uma tartaruga apavorada.
— Anika. Você está bem? Que dia é hoje?
Ah, mas isso vai ser engraçado...
— O q...? O que...? Maçã.
O Sr. Dushane entra em pânico. Ele tenta despachar os alunos. Isso é importante demais para Charlie, Shelli ou a Oompa-Loompa. Ele não pode ter testemunhas.

— Anika. Em que mês estamos? Sabe que mês é este...?

Espero. Olho para ele.

— Taco?

O Sr. Dushane está oficialmente ficando desesperado.

— Anika, quero que você pense. Quero que pense bem. Onde estamos? Em que estado moramos... Se lembra em qual estado...?

Pausa.

— Cleveland.

Agora o Sr. Dushane já está praticamente chorando. Não estou brincando. Ele está vendo a conta bancária diminuindo, a casa cheia de caixas de mudança e a esposa o deixando para ficar com o corretor imobiliário. Ok, não aguento mais. O cara é um babaca, mas nem eu sou tão diabólica assim.

— No Nebraska. Estamos no Nebraska.

— Isso mesmo! Estamos no Nebraska!

Jamais alguém ficou tão feliz em dizer aquela frase em toda a história da América.

— E você é o Sr. Dushane. E tem Shelli... e Charlie... e Jenny...

A propósito, estou simplesmente copiando o final de O *Mágico de Oz* aqui. Puro e simples plágio.

— Isso mesmo, Anika. Estamos todos aqui. Estamos todos aqui por você, está bem?

Posso ver Shelli olhando por cima do ombro do Sr. Dushane, e perceber que ela sabe exatamente o que estou aprontando. Ela me conhece. Ela sabe, e está fazendo todo o possível para não cair na gargalhada.

— Sr. Dushane, eu consegui...? Eu consegui terminar a corrida de 600 metros?!

Foi como se eu estivesse perguntando se salvei o mundo. Se impedi o avanço dos nazistas. Se ganhamos o Campeonato Estadual.

— Por favor, Sr. Dushane. Por favor... me diga a verdade...

— É... Anika. Receio que não tenha terminado. Você desmaiou.

— Eu posso terminar! Saiam da minha frente!

E com isso faço uma tentativa miserável e totalmente patética de me levantar.

— Não, Anika, NÃO!

O Sr. Dushane impede meu nobre plano e me deita de volta no chão, gentilmente.

— Anika. Você não precisa. Já fez o bastante.

E agora é hora de discurso. Agora ele está representando para a turma toda.

— Acho que todos aprendemos uma lição hoje.

Ah, meu Deus, deviam ver a cara de Shelli.

— Acho que Anika provou a todos nós que nunca se deve desistir, não importa o quê... Não. Importa. O. Quê.

A turma está assistindo, completamente apática.

— E sabe de uma coisa, Anika? Vou me lembrar disso. Vou me lembrar de que hoje... hoje *você* foi a professora.

É bastante difícil para mim ficar séria neste momento em particular.

O Sr. Dushane me ajuda a levantar e me acompanha até a arquibancada.

Eu consegui. Não exatamente da forma que tinha planejado mas... eu consegui.

O fiz se sentir importante.

E voltando ao vestiário com Shelli ao meu lado, não consigo não me perguntar... se é assim uma coisa tão grande para um cara branco de meia-idade se sentir importante...

O que acontece se ele não conseguir?

trinta e sete

Sexta à noite, o Bunza Hut parece uma cidade fantasma. Isto é, eu poderia me transformar num sapo aqui e ninguém sequer notaria. Seis da tarde e apenas um cliente em três horas. E aquela moça que acabou de perguntar se podia usar o banheiro.

Ninguém quer trabalhar agora por causa do grande jogo. O Sr. Baum acha que sou muito dedicada ao trabalho porque sempre me ofereço para pegar este turno, mas a verdade é que faço isso só para não precisar ir ao jogo sem as pessoas acharem que sou comunista.

Estou estudando para minha aula de inglês avançado. Estamos lendo este livro no qual um garoto que é expulso do colégio interno parece não se importar muito com nada. Eu entendo. Estou cruzando os dedos para ninguém entrar agora e eu conseguir terminá-lo. Só faltam trinta páginas.

Tenho evitado Logan desde o incidente no cais. Quero dizer, o que eu deveria fazer? Não é como se não estivesse com saudades. Eu estou. Tipo, estou com saudades de como ele encolhe os ombros e se esconde atrás das árvores e coisas assim. Mas também estou assustada pra cacete. Tenho lido os jornais e não vi nada sobre o incidente. Graças a Deus. Meio que me faz pensar se a coisa toda não teria sido algum sonho esquisito. Como se talvez eu tivesse inventado aquilo tudo e nunca mais tivesse que pensar no bafo de uísque.

Por outro lado, não consigo esquecer o pai psicopata de Logan, e aquilo me faz sentir duas coisas ao mesmo tempo. A primeira é que... tenho pena de Logan. Imagine só. Não tem como não concluir que aquela não foi a primeira vez que ele levou um tapa do pai. E mais. Aquele olhar que ele lançou na direção da mãe de Logan? A conclusão só pode ser a de que Logan tem constantemente interferido para proteger a ela e aos irmãos mais novos. Como se ele fosse o herói da casa, de certa forma. Mas por outro lado, talvez ele também esteja virando um psicopata. Tipo, talvez ele já seja um.

É errado, e eu odeio, e não é culpa de Logan, e me faz ter raiva do mundo e do universo e de cada átomo nele.

Mas se eu conseguir me manter concentrada nestas páginas, não preciso me importar. Posso fazer isso tudo ir embora. *Poof.* Posso ficar neste livro, e este livro virar realidade e todo o resto ser mentira, e não faz a menor diferença.

Mas não tenho tanta sorte porque, de todos as lanchonetes do mundo, Becky Vilhauer acaba de escolher esta aqui para entrar. Com Shelli a tiracolo.

Ela não está contente. Shelli está atrás dela, como se desejasse poder se esconder com seu cotovelo.

— Mas que merda é essa?! É sério?

— É... quer batatas fritas para acompanhar?

— Ha-ha. Muito engraçado. Que história é essa de Logan McDonough? Sério.

— Como assim, Becky?

— Não se faça de desentendida. Já sei de tudo.

— Tudo o quê?

— Que tal umas caronas de lambreta... depois da escola... isso faz lembrar de alguma coisa?

Becky está inclinada para mim, como um urubu. Shelli está se encolhendo mais a cada frase. A única coisa a fazer é agir como se não fosse nada.

— Estava frio.

— Tá. Não tão frio assim. Eu vou soletrar para você. Você é uma mestiça. Sem mim, você não é nada. Você não é ninguém. É uma desajustada. Uma leprosa.

Noto Shelli me olhando por trás de Becky, sofrendo.

— Não olhe para ela. Acha que ela vai ficar do seu lado? Quem você acha que me contou?!

Shelli está literalmente tremendo agora. Como um animalzinho ferido. Olho em seus olhos e ela os abaixa para o chão. Culpada.

— Olha, Becky, realmente não é grande...

— Ah, é, sim, grande coisa. É uma coisa enorme. Está pondo todas nós em risco. Acha que quero ficar com reputação de sair com perdedores? Não, obrigada.

— Na verdade ele não é tão...

— Vou ser bem clara. Ou você o larga. Ou nós largamos você. E então, não posso ser responsável pelo que *pode acontecer*.

— Isso é tão...

— Fim de papo.

E com isso ela dá meia-volta, com Shelli praticamente presa a uma coleira a seguindo. Shelli sai correndo, de algum jeito antes dela. Becky se vira para mim. Um último recado.

— Só depende de você, Anika. A escolha é sua.

E com aquilo ela sai pela porta de vidro, na direção do ar gelado. Os esqueletos da decoração sorriem para mim, mas não consigo retribuir a gentileza. Lá se foi a monotonia da minha noite.

trinta e oito

Eu devia saber que Shelli apareceria antes de meio-dia. É sábado, e ela está na varanda da frente, o rosto vermelho de tanto frio. Com aquelas bochechas vermelhas e olhos esbugalhados, é como se ela fosse Frosty, o Boneco de Neve, lá fora esperando por mim. Minha mãe a faz entrar, e vamos para a sala de jogos. Temos uma mesa de sinuca lá embaixo, um bar falso onde o ogro serve sorvete batido com refrigerante (uhu!) e um alvo que não consigo acertar nem se minha vida dependesse disso. Normalmente, Shelli e eu iríamos para o meu quarto, ficar rindo à toa, mas parece íntimo demais. Considerando que ela acaba de me trair, ela só tem direito à sala de jogos.

— Está com raiva?

Dou de ombros. É lógico que estou. Quem ela acha que eu sou, Jesus?

— Sinto muito mesmo.

— Eu sei.

— Ela simplesmente meio que arrancou de mim. Isto é, ela ficou repetindo as mesmas perguntas e mais perguntas e mais perguntas, e de repente minhas respostas não batiam mais, e ela continuou me pressionando, e cedi. Simplesmente cedi. Sinto muito. Sou uma idiota. Eu sei. Estraguei tudo.

Silêncio.

— O fato é que é assim que Becky opera.

— É, posso ver.

— Você pode?

— É. Quero dizer. Posso imaginar.

— Foi como se eu não soubesse o que estava acontecendo, e então simplesmente saiu.

— Eu sei.

— Você me perdoa?

— Bem... não vou mentir. Fiquei bem chateada ontem à noite. Isto é, quando vocês saíram, parecia que alguém tinha me dado um soco no estômago e tal.

— Eu sei. Eu sinto muito mesmo. Eu nem sabia que a gente estava indo para lá até chegarmos. Você conhece Becky. Foi um ataque de surpresa. — Espere, já sei!

Shelli fica subitamente animada. Teve uma ideia. Isso é raro.

— Sei como compensar. Vou contar uma coisa que eu não deveria contar. — Não importa o quê.

— É?

— É.

— Ok.

— Ok, então sabe toda aquela história de Stacy Nolan? Da suposta gravidez?

— Sim?
— Foi Becky.
— O quê?
— Becky começou o boato.
— O quê? Não pode ser.
— Pode.
— Mas... por quê?
— Por diversão.
— Está falando sério?
— Cem por cento. E Stacy nunca fez nada para Becky. Becky só estava... entediada.
— Que vaca!
— Eu sei.
— Isso é tipo, muita maldade.
— Eu. Sei.

Shelli e eu nos entreolhamos sem conseguir acreditar e cheias de mais alguma coisa também... medo. Se Becky é capaz de fazer uma coisa dessas só por capricho, imagine só o que ela poderia fazer com a gente.

É horrorizante. Agora sei porque Shelli cedeu. Ela conhece, até mais do que eu, a verdadeira natureza da besta. Eu também teria cedido, para falar a verdade.

— Então, me perdoa?... Por favor? Você é tipo minha melhor amiga.

— É... Perdoo. Tipo, eu fiquei com raiva, mas entendo. Mesmo.

Abraço desconfortável. Nunca fui muito boa em abraçar. Eu honestamente teria preferido apenas um aperto de mão. Quanto menos contato humanoide, melhor. Mas Shelli está sendo sincera. Posso notar. Ela nunca foi muito boa em mentir. Faço um lembrete mental: *Não contar nada a Shelli.* Não por estar com raiva, mas só porque ela não sabe se defender de Becky. Becky consegue tirar qualquer informação dela. Não importa como.

Shelli está descendo os degraus da frente e recolocando seu casaco. Ela se vira para mim.

— O que vai fazer hoje à noite?

Hoje à noite, o que significa sábado à noite. O que significa um encontro com Jared. O que significa o Oscar com o Super Bowl e o Retorno de Jesus combinados.

— Ah, nada.

Shelli concorda, não muito convencida. Normalmente ela me chamaria para sair, mas é meio prematuro, considerando que acabamos de fazer as pazes. Pode ser esquisito. Mas não a culpo. Shelli é uma boa pessoa. Ela só não é muito firme. Sua mãe cristã esquisita tirou qualquer firmeza dela.

— Me liga.

— Tá. Amanhã.

E com isso, Shelli se vai. Bem a tempo de eu começar a decidir o que vou usar.

Sei o que está pensando. O que há de errado comigo? E eu estaria pensando a mesma coisa sobre você se os papeis estivessem invertidos aqui. Estaria mesmo. Mas a questão é que está claro que, desde que Jared bateu na porta da minha casa, fui possuída por um vodu de bruxas que obviamente jogaram um feitiço em mim para me impedir de ter a capacidade de não ir a este encontro com ele. A culpa não é minha. O poder delas é forte demais.

trinta e nove

Ninguém sabe sobre meu encontro com Jared Kline. Exceto minhas irmãs, que estão furiosas. A essa altura meus irmãos provavelmente já esqueceram. Robby não liga por que os Knights perderam para os Spartans ontem à noite, então ele ficou de bode o dia inteiro.

A questão é que, depois desta noite, *todo mundo* vai saber sobre meu encontro com Jared Kline. Porque pelo menos duas ou três pessoas estarão nesse festival de Halloween, e isso significa que lá para meia-noite a escola inteira já vai estar sabendo. E pela escola inteira, quero dizer todo mundo. E por todo mundo, quero dizer Logan. Até segunda-feira, Logan vai ter descoberto com certeza. Eu acho.

Não sei o que mais sentir em relação a isso além do que já estou sentindo, que decididamente... Ok, olhe, não sei como me sinto quanto a isso, ok? Jesus.

Mas a questão é que... digamos que eu vá ao encontro, e digamos que eu não goste nem um pouco de Jared Kline. Daí posso dizer a Logan apenas que... é... não sei o que poderia dizer a Logan. Não tenho certeza *SE* posso dizer qualquer coisa a ele sem vê-lo esmagando o cérebro daquele cara no cais.

Mas vou pensar em algo. Vou, sim. Talvez possa simplesmente dizer a ele que não fiquei exatamente encantada com o fato de ele quase ter matado uma pessoa na minha frente. Ou talvez possa lhe dizer que estou apaixonada por ele e que o acho meio que um herói e que talvez devêssemos fugir juntos e nos tornarmos uma espécie de dupla de ladrões de banco, como Bonnie e Clyde.

Como podem ver, amigos, ainda não pensei muito nisso. E como poderia? Não existe um manual para o que fazer quando se está meio apaixonada por um desajustado instável e então o maior destruidor de corações da história te chama para sair num encontro oficial, para o qual ele pede permissão aos seus pais e tudo.

Quero dizer, não ir a este encontro? Isso é, tipo, quero dizer, é como não ir à lua ou coisa parecida. Como se Neil Armstrong tivesse simplesmente dado de ombros e dito: *aham, essa eu vou passar.*

E, sim, existe a nítida possibilidade de ele ser o maior cafajeste do mundo. Isso é verdade. Mas como vou saber se não for a um único encontro? É só um encontro. É isso. Um encontro. Nada demais.

Além disso, não se esqueçam da possessão vodu.

O mais difícil em se arrumar e ir a qualquer lugar em Lincoln, Nebraska, de outubro até março é que está congelando, droga, então o que usar? É como estar na corda bamba tentando se equilibrar entre Marilyn Monroe e o monstro de marshmallow de *Os Caça-Fantasmas*. Isto é, você precisa de um casaco. E de botas. E você basicamente precisa usar três camadas de roupa para ir a qualquer lugar. Então, vai nessa, tente fazer isso ficar sexy.

O melhor que consigo é colocar um par de meias, botas, uma parca, um chapéu e... uma minissaia. Essa é a parte sexy. Olhe, estou fazendo o meu melhor. O fato é que se vestir para um festival de Halloween com áreas abertas e fechadas é um dilema de moda que nem Jean Paul Gaultier conseguiria resolver. Ganho nota A pelo esforço.

Minha mãe está esperando comigo, preparando o jantar enquanto finjo não estar nervosa. Ela colocou o saleiro e o pimenteiro de Halloween sobre a mesa. Ah, você não sabia? Minha mãe tem saleiros e pimenteiros, decorações de mesa e até louças especiais para cada um dos feriados de agora até o Natal. Essa é uma época do ano de sérias decorações. Ela tem caixas para o Halloween. Para o dia de Ação de Graças. Cinco só para o Natal. Levamos os feriados a sério aqui. Não estamos de brincadeira.

O saleiro e o pimenteiro de Halloween de cerâmica são um casal morto-vivo. É bastante apetitoso jantar olhando estátuas sangrentas de um casal de devoradores de cérebro babando. Minha mãe percebe que estou nervosa.

— Está tudo bem, querida. É só um garoto. Além disso, foi ele que te convidou.

— Eu sei, mãe.

— E se alguma coisa te deixar desconfortável, quero que venha imediatamente para casa. Pode ligar na hora que quiser. Estarei ao lado do telefone.

— Obrigada, mãe.

— Ou pode até pegar um taxi. Eu pago quando ele chegar. Só por precaução.

— Ok, mãe.

— Apenas seja você mesma.

— Mãe, estou nervosa.

— Eu sei, querida. Mas não fique. Só tente se divertir, ok? Tente aproveitar o momento.

— Mãe, você virou hippie?

Ela sorri. Ninguém mais na família brinca com a minha mãe assim, não sei por quê. Ela sempre entende a piada. Acho que todo mundo está envolvido demais com os próprios dramas para notar. Mas sei que significa muito para ela. Saber que eu a amo. Juro por Deus que sem ela eu seria uma das primeiras mulheres *serial killers* da história.

— Olha, esse menino tem sorte de poder passar um tempo com você. Pense assim.

— Tsc. Tá bom.

— Ele tem! Acredite em mim.

A campainha toca, e meu coração sai pela boca e cai em cima da mesa. Meu Jesus. Isso é horrível. Essa vai ser a pior noite da história. É melhor eu nem falar nada. Só vou sorrir e concordar silenciosamente. E rir. Mas não muito. E não alto demais. Só uma risada agradável. Para encorajar. Meu Jesus. O que há de errado comigo? Estou desmoronando.

Isso vai ser um desastre completo.

Minha mãe abre a porta, e lá está Jared. Está usando uma parca azul-marinho da North Face, jeans e botas de escalada. Puro Jared.

Mesmo sem ver, posso assegurar neste mesmo instante que, por baixo daquela parca, ele está usando uma camiseta do Led Zeppelin. Aquela com o anjo caindo do céu.

Ele sorri para mim e meio que me tira completamente o fôlego. Ah, meu Deus. Isso vai ser excruciante. Talvez eu devesse dizer que estou doente e ir me encolher na cama. Eu podia simplesmente fingir que estou sentindo alguma coisa e fugir.

— Olá, senhora. Vim para o encontro com sua filha sobre o qual falei antes.

— Sim, entre. Não há por que ficar aí fora nesse frio.

Jared entra, e posso ver minhas irmãs espiando do final do corredor. Olho para Lizzie, e ela fala sem som:

— Você está TÃO morta...

Jared está parado ali me esperando, ao lado da minha mãe.

Esta é minha última chance de cair fora. Eu realmente podia só dizer que não estou me sentindo bem.

— Querida, está pronta?

Minha mãe está tentando fazer tudo parecer normal. Pobre mamãe. Ela não faz ideia de que criou uma muppet neurótica prestes a surtar.

— Anika? Pronta?

Dessa vez foi Jared. Engulo em seco. Percebo que nunca tive um encontro de verdade antes.

— É meu primeiro encontro! — disparo.

Uau! Que imbecil! Aposto que ele vai embora agora.

— Que incrível! Devo ser o cara mais sortudo do universo, então.

Ele sorri. Minha mãe sorri. Está todo mundo sorrindo até cansar.

— Ok, vamos tentar.

Dou um passo à frente, e, antes de me dar conta, Jared e eu já estamos do lado de fora. Fora no ar frio da noite no qual dá para ver a respiração e os olhos congelam e você pode entrar num jipe verde-escuro para ir ao tal festival de Halloween, onde todos os habitantes da cidade verão que você está num encontro com O Jared Kline.

quarenta

Todas as criancinhas do Halloween Spookfest estão vestidas como fantasmas e duendes, magos e bruxas. É como se fosse um submundo em miniatura. Também há diversos mini Luke Skywalkers, Han Solos e Darth Vaders. Até alguns mini Stormtroopers. E um mini Chewbacca. É por ele que estão todos enlouquecendo. O garoto tem, tipo, 4 anos. E imita os sons do personagem perfeitamente.

Há uma casa mal-assombrada, uma trilha de abóboras, uma vidente e gincanas.

Até agora já tomamos cidra de maçã, comemos donuts, e Jared tentou (e perdeu) ganhar um gato de pelúcia preto e laranja para mim numa barraca de tiro ao alvo. Ele está desfilando pelo festival como se fosse o prefeito do Halloween.

Com o queixo erguido, parece que ele tem uns 2,50 metros de altura ou coisa assim.

— Posso te perguntar uma coisa? — Não consigo me conter.

— Manda.
— Por que você é tão feliz o tempo todo?
— Por que eu não seria? É uma noite linda, a lua está no céu, aquele garoto está fantasiado de Chewbacca, e estou com a garota mais linda do mundo.
— É... Acho que você quis dizer que está com a garota mais linda desta plantação de abóboras.
— Bem, esta plantação de abóboras é o mundo neste momento. Parece, pelo menos.
Eu teria ânsia de vômito se tivesse escutado isso de qualquer outro ser no planeta.
Passamos por um grupo de miniprincesas vestidas de cor-de-rosa e roxo, agitando suas varinhas mágicas.
— Para um mestre da mentira, você é bem convincente. Eu diria que é excelente.
— Obrigado, mas não sou um mestre da mentira. Anika, sério, eu não sou. As pessoas dizem isso porque têm inveja ou porque são burras ou simplesmente por que não têm o que fazer.
Não sei o que dizer. Penso naquela história toda de Stacy Nolan. Aquilo foi uma invenção total. E todo mundo engoliu, como se fosse bala.
A duas barraquinhas de nós, Jenny Schnittgrund está bebendo cidra com Charlie Russell.
Quando passamos, os dois conseguem cuspir cidra por todo lado de tão surpresos. E depois saem correndo! Que comecem os rumores.
Jared para abruptamente e se vira para mim.
— Tem alguma coisa em você, Anika. Você é... misteriosa, sei lá.

— Misteriosa. Como fui naquela hora em que declarei que nunca havia tido um encontro?

— É, como naquela hora. — Ele sorri. — Não, falando sério. Eu não sei, eu só meio que, tipo, penso em você. Tipo muito.

— Sério?

— É.

— Por quê?

— Cara, você realmente não é vaidosa, isso eu admito.

A trilha de abóboras está ficando meio cheia de duendes em miniatura, então vamos para a casa mal-assombrada, presumivelmente para Jared tentar me atacar no escuro. É preciso comprar ingressos antes, então espero na fila enquanto Jared vai até a bilheteria.

Na verdade fico apenas parada ali, me perguntando se isso tudo é alguma pegadinha como naquele filme em que derrubam um balde de sangue na garota durante a formatura. Quero dizer... Jared Kline, *O* Jared Kline, agindo assim. É como se eu tivesse entrado em um universo paralelo.

Neste momento há dois Ewoks em miniatura tentando convencer o cara da casa mal-assombrada a deixá-los entrar. Ele fica repetindo que os dois são pequenos demais, e eles ficam dando exemplos de coisas que são capazes de fazer mesmo sendo pequenos demais. Como assistir a *Super Homem*. E dirigir aqueles carrinhos. Até o cara da bilheteria está se divertindo com eles. Sorrimos um para o outro. É, eles são fofos, não dá para negar.

Os Ewoks continuam tentando. Naquele instante, toda essa doçura e luz e boa vontade em relação à humanidade é arruinada pela criatura mais assustadora de qualquer Halloween:

Becky Vilhauer.

Eu devia ter imaginado.

Ela está parada ali, como se estivesse do mesmo jeito há horas, com Shelli novamente atrás dela, parecendo uma gatinha perdida. Elas também estão fantasiadas. De piranhas. Quero dizer, de bruxas.

— Você. Acaba. De. Ser. Tão. Flagrada.

— É... Oi.

— Achou que podia vir desfilar aqui com seu supernerd, hein?

— O quê?

— Não acredito em como você é burra. Realmente pensou que poderia simplesmente andar por aí com aquele nerd total e que a gente não descobriria? Quero dizer, é como se você não tivesse cérebro ou coisa assim...

— Boa noite, senhoritas.

Jared voltou. Com os ingressos.

Se fosse possível tirar a expressão do rosto de alguém como você faz com o rótulo de um pote, eu gostaria de ter aquelas duas expressões na minha parede pelo resto da minha vida.

Becky parece ter acabado de ver extraterrestres pousando na Terra. Shelli parece estar vendo Jesus levitar.

Isto é, nunca na história do mundo duas garotas ficaram tão estupefatas.

Meu Deus, como eu queria que meus olhos pudessem tirar fotos.

Becky tenta se recompor.

— Eu-eu só. Oi, Jared.

— Ei — guincha Shelli.

Mas Becky não ficará satisfeita com tão pouco. Ela precisa ganhar o dia. Precisa vencer.

— O que você está fazendo aqui com ele? Achei que você tinha namorado?

E aí está. Minha noite de mil maravilhas terminou. Acabaram-se as palavras doces na trilha de abóboras. Ele provavelmente vai me largar aqui. Becky adoraria isso. Ela me faria implorar por uma carona para casa. Falando sério. Bem, paciência. Acho que vou ligar logo para minha mãe.

Exceto que Jared diz o seguinte:

— E ela tem namorado.

E então ele me abraça pelo ombro, como se estivesse me guiando para o altar ou coisa assim, e olha diretamente nos olhos de Becky.

— Eu.

E com isso, ele me leva embora em meio à noite cheia de duendes e larga os ingressos no chão porque quem liga para aquela casa de Halloween quando se tem Jared Kline abraçado e é como se você estivesse num foguete espacial?

quarenta e um

Estamos no jipe de Jared agora, indo para casa. Ele olha para mim.
— Desculpe não termos ido naquele brinquedo, ou sei lá o quê. Mas acho que nós dois sabemos qual foi a coisa mais assustadora naquele festival.
— Hmm?
— Becky Viilhaaaauuuueer. — Ele imita garras com seus dedos e finge me atacar.
Eu realmente nunca teria imaginado que Jared Kline seria divertido assim. Achei que talvez ele tivesse uma inteligência mediana, no máximo fosse meio chato. Isto é, seu irmão mais novo, Brad, uma vez levantou o dedo na aula de biologia e perguntou se as árvores eram vivas. É uma história verídica, a propósito.
— Então, o que vamos fazer agora?
— Bem, como sou um total cafajeste, vou te levar para sua casa agora e evitar que sua mãe surte.
— *Touché.*

— Ah, então você fala francês?

— *Je ne parle pas français*. Significa que não falo francês.

— Ohh lá lá. Quem te ensinou isso?

— Henry, meu irmão. Às vezes temos momentos nerds juntos. Ele ama tudo que é francês.

— Entendo... tipo pão francês?

— Com mostarda Dijon, de preferência.

Jared sorri para mim, e ficamos rindo feito bobos. Só que fico apavorada quando chegamos na minha casa. Estou morrendo quando chegamos na minha casa. Meu coração está batendo tão forte que dá para ver pelo meu suéter quando chegamos na minha casa. O que ele vai fazer? Me beijar? Quero que ele me beije? Sim, quero que ele me beije. Não, não quero que ele me beije. E se eu não beijar muito bem? Por que eu beijaria? A única pessoa que já beijei foi meu não-não--não namorado Logan.

Paramos na entrada de carros, e ele desliga o motor. Acho que ele acha que estamos em um lugar ideal para nos pegarmos.

— Deixa eu te acompanhar até a porta.

— Ah, não precisa...

— Vamos lá, nunca se sabe que tipo de esqueleto pode estar de tocaia nas moitas. Viu aquelas crianças. Eles estão por aí em busca de sangue.

Eu saio do jipe e caminho até a porta. A maioria das luzes da entrada está apagada, então acho que ninguém pode nos ver. Talvez. Nunca se sabe.

—Então, é... Anika. Você meio que fez a minha noite.

—Sério?

—É, sério. Gosto de estar com você, de ficar ao seu lado.

—Uau! Não sei o que...

—Sabe aquilo que falei sobre você ser minha namorada? Eu quero mesmo que você seja, Anika.

—Mas isso é loucura. Você nem me conhece! Você não tem tipo um milhão de...

—Não. Não tenho. —Ele suspira. —Olhe, não sei o que você ouviu a meu respeito ou onde ouviu ou sei lá o que, mas não sou um cara mau. Sou só um cara. Sabe? Todas essas coisas que você escuta por aí são só... besteiras.

—Ok.

—Então agora você é minha namorada?

—Acho que sim.

Toda vez que eu falo parece que estou falando de debaixo de uma rocha. Simplesmente não consigo acreditar em nada, e sinto que, se eu falar alto demais, vou acordar. Vou acordar e perceber que foi tudo um sonho.

Toco o cordão de ouro em meu pescoço.

—Não vou beijar você, Anika.

—O quê? Por que não? —Isso soou mal.

—Porque sei que tem uma parte sua que ainda me acha um cafajeste. E quero provar a você que não sou. Sou só um cara. Que gosta de você.

Alguém acende a luz na sala acima de nós.

— Acho que é minha mãe.

— Boa noite, Anika. — Ele aperta meu ombro, tranquilizadoramente.

Ok, ninguém jamais apertou meu ombro tranquilizadoramente antes.

E então ele se vai, de volta a seu jipe, de volta para qualquer que seja a nuvem do céu de onde veio. Ele se vira antes de entrar.

— Bons sonhos.

E com isso Jared sai, e lá estou eu parada na entrada, me perguntando o que acaba de acontecer. E ele tem razão. Terei bons sonhos, porque isso foi tudo um lindo sonho e sinto como se eu fosse a garota cujos bons sonhos nunca se realizam, e me pergunto quanto tempo este bom sonho pode durar.

quarenta e dois

Pedalando rápido, rápido, rápido, a roda preta e enferrujada guincha, guincha, guincha. Este é o momento, este é o momento e agora as árvores e as folhas e a calçada cedem e agora há círculos azuis e vermelhos e sirenes e veículos vermelhos e brancos e as árvores e as folhas e a calçada sussurram, elas tentaram me impedir elas tentaram me impedir elas tentaram.
    Pedalando rápido, rápido, rápido, não vejo. Tento não ver, não vejo, mas não há como não ver, não há como voltar agora.
    Pedalando rápido, rápido, rápido, este é o momento. Você achou que poderia mudá-lo, se lembra de como achou que poderia mudar e você quer gargalhar você achou aquilo, mas não há gargalhadas, não há gargalhadas agora.

quarenta e três

Agora já sei o que fazer quanto a Tiffany. Tenho vasculhado meu cérebro desde a noite em que ela foi demitida, e agora sei qual é a única maneira de melhorar tudo. Ou pelo menos chegar perto de melhorar tudo. Preciso dar o dinheiro a ela. Aposto que você está se perguntando quanto. Quanto a senhorita atendente e sua cúmplice Shelli roubaram do Bunza?

Resposta:

(Rufem os tambores, por favor...)

Exatamente mil duzentos e trinta e seis dólares e cinquenta centavos. Sim, senhoras e senhores. Exatamente isso: U$1.236,50.

E Tiffany vai ficar com tudo.

Não tente me dissuadir, eu já resolvi. Estou na metade do caminho até a casa dela, e meu nariz já congelou e praticamente caiu, obrigada. É um daqueles dias ruins antes do inverno em que o céu fica de um tom de aveia e o chão está congelado e branco, sem sequer um floco de neve para lhe dar alguma personalidade. Apenas frio e capaz de induzir suicídios.

Meu pai, o vampiro, gosta de dizer: "Esta clima. Ela mata você". E ele tem razão. Você fica mesmo com a sensação de que está sendo punido por alguma coisa. Mas pelo quê? Talvez por morar num lugar tão ruim e não fazer nada a respeito, isso sim.

Agora, vamos falar de coisas deprimentes. Este complexo de apartamentos de estuque devia ter uma placa na frente dizendo A GENTE ESTRAGOU TUDO. Isto é, qualquer pessoa que não esteja pagando a faculdade ou passando por um divórcio terrível só pode se sentir muito mal por ter que chamar este lugar de lar. O fato de ter um Burger King do outro lado da rua não ajuda. Porque o lugar todo cheira a cheeseburguer.

Quando chego na porta, concluo que foi uma ideia idiota e que devo ir embora. E se ela não estiver em casa e a mãe malvada atender? Posso dar o dinheiro a ela. Provavelmente vai simplesmente gastá-lo em coisas que a deixem ainda mais malvada. Seja lá o que for. Acho que eu também seria mal-humorada se tivesse que viver nessa lata de lixo.

A porta se abre e, antes que eu bata, lá está Tiffany. Ela fica parada olhando para mim e parece que, de alguma maneira, está encolhendo diante de meus olhos.

— Oi.

Eu sei. Tenho um vocabulário extenso.

— Oi. — Ela continua encolhendo.

— Olha, é... Ei, posso entrar? Está meio frio...

— É... sério?

Ah. Entendi. Tiffany não quer que eu veja a casa dela. Isso posso entender. Eu também não queria muito que Jared visse a minha casa. Não depois de ver aquela biblioteca com as pinturas náuticas a óleo.

— É, sério. Está meio que congelando aqui fora.

— Ok.

Eu entro e na verdade não é tão ruim. Tipo, é claro que não dá para pegar comida do chão e comer, como lá em casa. Os cantos estão encardidos. Mas houve algum esforço em varrer e aspirar que resultou em algum ponto entre "suficiente" e "quem liga, afinal de contas"?

Até agora, nenhum sinal da mãe. Graças a Deus.

— Então, estou me sentindo meio mal por, é..., você ter sido pega, então...

— Eu sei. Foi burrice. Não sei o quê...

— Não, você não precisa se desculpar.

— Não, eu...

Ah, meu Deus, eu vou mesmo contar a ela? Ela poderia me dedurar feio. E a Shelli também. O Sr. Baum prestaria queixa também. U$1.236,50 de queixa. Provavelmente mais por orgulho ferido. E pelo fato de ele ser baixinho. E gordo. E por eu tê-lo envenenado.

— Olhe, Tiffany, nós também roubamos.

— O quê?

Ah, meu Deus. Tiffany olha para mim como se eu tivesse acabado de dizer que extraterrestres pousaram em Topeka. Isso vai ser uma droga. Por favor, Deus, não a deixe me dedurar.

— É, roubamos. Eu tinha todo um esquema...
— Mas por quê?
— Porque sou uma idiota.
— Mas você é rica.
— Acho que não rica o bastante?

Eu e ela ficamos paradas ali, só olhando uma para a outra. Talvez ambas estejamos nos dando conta de que nunca se pode ser rico o bastante. Talvez seja este o problema.

— Olhe, fomos umas idiotas.
— Shelli também?
— É.
— Mas a mãe dela é católica.
— Exatamente.

Tiffany sorri.

— Olha, não existe um motivo. Sou uma pessoa meio má, acho que foi por isso.
— Não, você não é. Você salvou a minha pele!
— Bem, talvez, mas em sua maior parte porque me senti culpada. De qualquer maneira... tome.

Entrego o dinheiro a Tiffany, numa embalagem do Bunza Hut. Ela olha para o conteúdo e depois inspeciona mais de perto e seus olhos estão praticamente saltando das órbitas. Saltando para o meio daquela embalagem do Bunza Hut, onde poderíamos servi-los com batatas fritas.

— Puta merda!
— Eu sei. É muita coisa.
— Como vocês...

Dou de ombros.

— Tínhamos um esquema.

Tiffany olha para mim. Posso perceber que sua opinião a meu respeito está mudando a cada milésimo de segundo.

— Achei que você era perfeita.

— É... não.

— Bem, é bastante esperta. Talvez seja isso.

— Obrigada. Quando eu era pequena achavam que eu era retardada, então me testaram e meu QI deu, tipo, bem alto, então meio que sou uma retardada inteligente.

— Quanto tem aqui?

— Tipo uns... mil duzentos e trinta e seis dólares e cinquenta centavos. Mas quem está contando?

Tiffany olha ao redor. Deus, espero que sua mãe não esteja em casa.

— Não posso aceitar.

— Sim, pode. E vai. Precisa. Não vou conseguir viver em paz se não aceitar. Realmente não vou.

— Tem certeza?

— Sim.

— Bem, e o que devo fazer com isso?

— Não dê para sua mãe. Isso é certo.

— Não brinca.

Temos um momento de silêncio. O que fazer com dinheiro? Todo mundo é tão louco por ele, mas então, quando finalmente se ganha algum, o que fazer com ele? Abraçá-lo?

— Talvez colocar no banco ou algo assim.
— É. Boa ideia. Obrigada. Obrigada mesmo.
— Não. Não agradeça. Sou uma babaca. Não precisa agradecer.
— Me deu isso porque tem pena de mim?
— Acho que não.
— Que bom.

Escutamos os passos de alguém nas escadas do lado de fora e nós duas congelamos. Por favor que não seja a mãe dela. Por favor que não seja a mãe dela.

— Ok, é melhor eu ir embora. Me ligue, ou apareça, quando quiser. Estou por aí.
— Tá, vou sim. Eu te ligo.

E eu sei, ao descer aquelas escadas, passando pelos portões de estuque e ferro, que ela nunca vai ligar. Eu sei que ela nunca vai ligar e nunca vai visitar — nunca mais.

quarenta e quatro

Até agora, o sol está fazendo aquele truque onde ele brilha tão forte que parece que está fazendo uns 23 graus, mas quando sai, você se dá conta de que está fazendo três.

Estamos quase no final da semana. Quinta-feira. O melhor dia. Toda aquela ansiedade, mas sem o pavor.

Eu basicamente tenho evitado todo mundo, incluindo Shelli, e feito caminhos diferentes até o colégio... Eu sei lá por que. Acho que não sei muito bem o que fazer, então estou me escondendo. Se eu conseguisse transformar esse teto num cobertor e me encolher debaixo dele, o faria.

Estamos falando de instalações dos anos 1970 na aula do professor de artes maconheiro, e tudo que tenho é um diorama branco numa caixa de sapato e nenhuma ideia do que fazer com ele.

Acho que a ideia proposta em aula é criar um espaço onde todo mundo que entre tenha uma reação emocional.

Resolvo criar um espaço onde todo mundo que entre fique aterrorizado.

Em grande parte, neste momento, minha ideia brilhante é me sentar em algum lugar dentro da minha cabeça, escondida de mim mesma, e a única maneira de conseguir isso parece ser ficando sentada aqui, olhando fixamente para a janela.

Aleluia! O alarme de incêndio toca, e, mais uma vez, corremos para fora, para o frio gélido, e todos ficam olhando para mim com expectativa.

— O que foi? Não fui eu!

Como da última vez, esperamos, ficamos uns encarando os outros, jogamos conversa fora, observamos nossa respiração sair de nós, como a fumaça das narinas de um dragão, e voltamos para o prédio, finalmente, antes de irmos todos para o hospital com hipotermia.

Acho que não precisarei pensar demais na minha instalação porque, quando entramos de volta na sala, há... é... uma instalação.

E ela é assim:

A sala inteira está cheia, entupida, de... borboletas.

E não um tipo de borboleta qualquer... e sim as mais lindas borboletas que você já viu.

Borboletas de um azul vivo, quase roxo contra a luz, voando por todo o lugar, refletindo a luz em suas asas. Centenas delas.

Para seu governo, já ouvi falar nisso antes. Minha mãe disse que minha tia fez isso no casamento dela, em

Berkeley, onde todo mundo é socialista, meio hippie, mas meio rico também. E interessado em extravagâncias com borboletas, imagino. Ela disse que eles soltaram esses monte de borboletas depois da cerimônia, e que todo mundo suspirou e assoviou, mas as borboletas morreram imediatamente e foi realmente desconfortável e meio deprimente. Mas as borboletas aqui não estão morrendo. Na verdade, elas parecem estar prosperando nesse ambiente artístico.

É claro que agora todos estão surtando. Uma sinfonia de *oohs* e *aahs* e *cara* e *mentira*, e os metaleiros estão viajando. Na verdade, algumas meninas estão com medo das borboletas ou algo assim. Ou talvez estejam só fingindo para chamar atenção. É. É exatamente isso que elas estão fazendo. Isto é, desde quando alguém tem medo de borboletas?

Se você fosse fazer um filme sobre uma borboleta má, as pessoas iam rir de você na sua frente. Embora um cenário imaginário como esse pudesse ser possível em Hollywood, então quem sabe o que poderia acontecer? Talvez eles fossem rir na sua frente e, em seguida, cheirar uma carreira de cocaína sobre o traseiro da atriz famosa mais próxima.

Anotação mental: Nunca ir a Hollywood.

Obs.: Está todo mundo olhando para mim.

Acho que isso qualifica as borboletas como uma instalação bem-sucedida.

Meu diorama de caixa de sapato ainda está na minha mesa, e hoje não há nenhuma pintura incrível para substitui-lo nem nada, então oficialmente não tenho nada a ver com essa história.

O que não significa que isso não tenha sido cem por cento, completamente, um zilhão por cento, obra de Logan McDonough. Se ainda havia alguma dúvida, noto que há uma borboletinha azul de mentira colada na lateral do meu fichário. Sei disso porque nunca tive uma borboletinha azul de mentira colada na lateral do meu fichário.

E se você acha que isso faz eu me apaixonar total e completamente por Logan, bem, errou. Recuso-me a isso, não importa o que, então pode ir parando.

Além disso, se acha que ando jogada pelos cantos com saudades de Logan e desejando virar a esquina e vê-lo escondido nas moitas para vir até mim, me agarrar e me tirar o chão com um beijo que apagaria tudo o que aconteceu e esse feitiço vodu esquisito de Jared, bem, errou também. Eu juro.

O professor maconheiro de artes olha para mim.

— Anika? Esse projeto foi seu?

Eu sei, eu sei. Eu deveria ser uma boa pessoa e sempre dizer por favor e obrigada e nunca dizer nenhuma maldade e sempre dizer a verdade.

Eu paro e então...

— Vou tirar A?

quarenta e cinco

Aposto que estão se perguntando o que farei quanto a Logan agora, hein? Bem, não são os únicos. Honestamente, não é assim que achei que as coisas seriam. Tipo, NEM UM POUCO. Como eu saberia que, do nada, esse príncipe encantado de camiseta do Led Zeppelin a quem todos cultuam viria para cima de mim com tudo?

Não ajuda o fato de todo mundo considerar Jared um superdeus, e Logan um supernerd, mesmo que talvez ele seja uma espécie de gênio da arte. Eu sei, eu sei. Eu não devia ligar para esse rótulo de nerd. Por que deveria? Mas a verdade é que... eu ligo. Tipo, realmente me importo. Vamos ser sinceros, não há necessidade de mentir. Eu ligo para o que pensam de mim. Não sou Jesus Cristo. Sou apenas uma garota.

Além disso, não preciso nem mencionar...

Sabe, aquele cara no cais era um bafo de uísque nojento que provavelmente ia me raptar e me enterrar viva no estacionamento do seu trailer.

E Logan disparou o alarme de incêndio não uma, e sim duas, vejam bem, duas vezes para me impressionar. Apesar de, para ser bem sincera, eu não saber bem se essa coisa de alarme falso o coloca na categoria gênio ou na categoria maluco. Ainda está sendo definido. Isto é, olhe, fico pensando sem parar na coisa toda, e não consigo chegar a uma conclusão.

É enlouquecedor.

E esse é o motivo pelo qual fui para a cama cedo hoje e me tranquei no quarto, só para poder ficar encarando o teto, perguntando a Deus o que eu faço. Sei que muita gente acha que toda essa história de Deus é piada, mas tenho a sensação de que ele está em algum lugar lá em cima. Tem coisas demais para ele não estar. Tipo, por exemplo, tudo. Tipo, de onde tudo isso veio? É claro que houve o Big Bang, eu sei. Mas o que havia antes dele? Quem fez o Big Bang acontecer em primeiro lugar? Ninguém se pergunta a respeito dessa parte? Olhe. Ele está lá, e eu simplesmente sei. Qualquer pessoa que ache que somos a forma de vida mais inteligente do universo obviamente nunca esteve no Nebraska.

Confiem em mim.

Minha mãe comprou para mim essa espécie de luminária que projeta a lua, rodando em pequenos círculos acima de mim, no teto. Estrelinhas felizes e sorridentes cercam a lua, e a luminária toca uma canção de ninar, que eu desliguei, embora em algum momento eu tenha percebido que esta luminária é para bebês. Acho que minha mãe pensou que eu estava precisando de colo. Talvez ela tenha razão. Sem luminária não consigo dormir. Tipo nunca. É como uma maldição se eu não tiver uma, e um sinal de danação na certa. Esquecemos de a levar uma vez quando fomos visitar minha tia, e minha mãe precisou voltar para buscá-la porque eu não consegui dormir durante, tipo, dois dias. Mais uma vez, esta é a parte na qual toda a família se refere a mim como "especial". Não é um elogio. Significa que tenho um parafuso a menos.

Então neste momento estou olhando a lua e me perguntando o que dizer a Logan. Estava pensando se poderia dizer algo tipo assim:

"Logan. Sou uma idiota. Não sei o que fazer, mas você provavelmente devia ficar longe de mim porque sou confusa e não tenho autoestima e, além disso, acho que você pode ser um sociopata. Mas, olhe, você é incrível e legal e às vezes tenho vontade de virar uma miniatura para caber no seu bolso e poder viver nele para sempre, mas aí me preocupo com a possibilidade de você não estar sendo exatamente transparente e poder se virar contra mim e me tirar do seu bolso e me esmagar igual um inseto no cais."

Foi o que consegui elaborar até agora.

Também pensei em tentar dizer alguma coisa com flores.

Essa ideia sem sentido está passando pela minha cabeça quando escuto um barulho na minha janela. Depois outro. E mais um. Se o ogro escutar isso, vou me ferrar, então olho pela janela e lá está ele, debaixo dos galhos das árvores. Logan. Parado debaixo da minha janela, como uma espécie de Romeu *mod*.

Acho que não vai dar para usar flores.

A janela faz um rangido quando a abro. Nada bom. Se o ogro acordar, essa coisa toda poderia resultar num castigo de pelo menos duas semanas.

— Logan! Shh! Mas que...

— Ok, sei que está zangada comigo. Eu entendo... mas quero te mostrar uma coisa...

— Não posso. Está brincando?

Estamos sussurrando-gritando um com o outro. Tudo em que posso pensar é que esta é a pior maneira possível de terminar com alguém.

— Qual é? Por favor... É superlegal. Sério.

— Não posso. Não posso arriscar. Eu te ligo amanhã...

— Por favor...

— Não.

— Não? Anika, qual é? Sério.

Ugh. Realmente terei que fazer isso, não terei? Tipo agorinha mesmo, no meio da noite, dessa janela congelante.

— Logan, deixa eu te ligar mais tarde, quando...

E então alguma coisa muda na atmosfera. Todo o amorzinho de filhotinhos de cachorro se torna áspero, e Logan endireita as costas.

— Mas que porra é essa, Anika?

— O quê?

É claro que sei do que ele está falando. Estou o dispensando. Estou o dispensando porque ele fez aquela coisa psicótica e, mesmo que ele tenha feito todas aquelas outras coisas incríveis, não importa mais porque Jared Kline me tirou o chão e, mesmo que eu esteja me sentindo mal e sentindo que o enrolei e que tivemos todo aquele romance e alarmes de incêndio falsos e corridas de lambreta escondidas, mesmo que tenha parecido, por um tempo, que estávamos no nosso próprio filminho particular, agora tudo isso mudou, tudo mudou, e ele não sabia, e agora ele sabe e está chateado para cacete.

Ele está olhando para mim como se eu fosse um navio naufragando.

— Logan, é só que... Eu só... Bem, acho que devíamos ir devagar e tal.

Ir devagar? Você quis dizer parar. Quis dizer parar e ele sabe, e você sabe, e ele vai saber mais qualquer dia desses porque praticamente todo mundo já sabe que você está namorando com Jared Kline.

— O quê? O que você... porra, Anika?!

— Logan...

— O que foi? É por causa da casa dos barcos? É isso? Olhe, eu já falei, perdi o controle! Mas eu estava protegendo *você*.

— Eu sei, é só que... Não sei o que dizer. Eu...

— Ok, eu vou dizer. Que tal eu dizer por você? Você é uma covarde, que tal isso? Você é a porra de uma covarde que não consegue se defender das suas amigas idiotas.

E ele tem razão. De certa forma. Ele tem.

— Não, é só que...

— Anika. Eu entendi. Tá bem? Eu entendi, porra.

Ele começa a se afastar.

Agora começa a ventar frio, e não sei se é culpa do vento frio ou minha por meus olhos estarem se enchendo d'água. Deve ser o vento. Não me importo com isso. Não posso.

Ele me dá as costas.

— Só para seu governo: Eu amei você, porra. Eu amei você para cacete.

E agora as lágrimas escorrem, e ele se foi em meio às árvores. E agora estou sentada aqui, fechando a janela e olhando meu reflexo, e não me importo de admitir, senhoras e senhores, que não gosto do que vejo.

quarenta e seis

No dia seguinte acontece uma coisa que gostaria de chamar de O Maior Momento da História. Tenha em mente que por toda a minha vida toda fui uma espécie de cidadã de segunda classe por aqui. Você sabe, sempre tive uma sensação de "não se empolgue demais" ou "ponha-se no seu lugar".

Você não é uma de nós. No fundo é assim que sempre foi. Então este dia, este dia aqui, é basicamente um momento que nunca achei que estaria reservado para uma garota como eu. Este é um momento para Becky ou Shelli, ou alguém com um sobrenome normal. Não uma esquisita com um pai vampiro e um nome que você precisa repetir três vezes antes de as pessoas entenderem.

O sol resolveu reaparecer depois da aula, então é um daqueles dias frescos de outono nos quais o céu está da cor de mármore azul e dá para andar na rua sem ver a fumaça da sua respiração. Becky e Shelli estão caminhando na frente, e eu estou atrás de Shelli, como um poodle, mas há alguma coisa acontecendo à frente e eu sei que é grande, porque, quando saímos, é como se um disco tivesse sido arrancado da vitrola. Só dá para ouvir os grilos agora, não há nenhum outro som, apesar de haver um zilhão de pessoas e apesar de elas estarem abrindo caminho tal qual o Mar Vermelho, deixando Becky, Shelli e eu no meio, como se fôssemos Moisés. Exceto que agora Becky e Shelli também abrem caminho e só resta eu. Agora eu sou Moisés. E Shelli sussurra alguma coisa — acho que é para mim, mas não consigo ouvir. E Becky sussurra alguma coisa, e também acho que é para mim, mas também não consigo ouvir. Não consigo ouvir porque tudo que consigo fazer é ver, e tudo que vejo é Jared Kline.

Ele está parado ali, encostado no seu jipe, como se fosse o Elvis.

E está olhando para mim.

Ele sorri ao me ver, como o gato que engoliu o canário e que depois comeu todos os irmãozinhos e irmãzinhas do canário e a avó do canário também. Ele está sorrindo da única maneira que se pode sorrir quando todas as pessoas da cidade, do condado e do estado são apaixonadas por você.

E todo mundo, todo mundo que você conseguir imaginar, está aqui fora testemunhando. Jenny Schnittgrund. Chip Rider. Stacy Nolan. Joel Soren. Charlie Russell. O elenco todo.

Mas você devia ver Becky. É como se ela estivesse tendo uma reação alérgica. Ela não consegue acreditar. Está acontecendo bem diante de seu nariz. Mas ela não consegue acreditar que está acontecendo e não quer acreditar que está acontecendo e está apavorada porque sabe que está acontecendo. Mas tem mais uma coisa nela também, como se estivesse calculando.

E quando Jared Kline sobe os degraus, sim, amigos, sobe os degraus para me encontrar, e me beija no rosto na frente de todos, e pega os livros das minhas mãos, na frente de todos, Becky se inclina para mim e sussurra:

— Devíamos passar mais tempo juntas.

Sério, é o melhor que ela consegue. Apenas uma evidente e despudorada mudança de tom. Nada de "mestiça" e "imigrante". Apenas uma tentativa desesperada, patética e sem vergonha. Devíamos passar mais tempo juntas.

Sim, Becky. Devíamos passar mais tempo juntas. Você devia passar mais tempo com uma mestiça imigrante como eu e mandar mais em mim.

E lá está Shelli. Nem preciso olhar para ela para sentir. Ela está parecendo uma mãe orgulhosa, ou coisa assim. Está praticamente dando pulinhos de alegria.

Mas agora não existem mais coisas como Becky e Shelli. Agora só existe Jared Kline. Agora só existe descer esses degraus com Jared Kline carregando meus livros. Agora só existe Jared Kline abrindo a porta do carona e fazendo um gesto como se fosse um cavaleiro ou coisa assim. Agora só existe Jared Kline sentando-se no banco do motorista e ligando o motor e partindo como se estivéssemos decolando rumo ao espaço.

E pelo espelho retrovisor? Pelo espelho retrovisor a Pound High School inteira é um conjunto de queixos caídos, e bem no meio, bem na frente, também de queixo caído, está Becky Vilhauer.

quarenta e sete

A maioria das pessoas não sabe, mas tudo o que você precisa fazer é dirigir de Lincoln na direção leste para chegar a uma área, longe da cidade, cheia de colinas, lama e estradas de terra com uma fazenda aqui e ali. É o tipo de lugar onde é bom não se perder, nem furar o pneu, porque isso vai significar uma longa caminhada, ou talvez você possa até aceitar carona de um *serial killer* que vai te prender no porão e tentar comer seus rins.

Subir e descer essas colinas com Jared Kline quase poderia me deixar tonta. Subimos, subimos, subimos e descemos, descemos e descemos, e subimos novamente. É como estar numa montanha-russa feita de terra e começando a congelar.

Jared para o jipe no meio do nada. Tipo, ele literalmente para o jipe no meio da colina. Tudo bem, não tem nenhum carro vindo atrás de nós, eu entendo. Mas ainda assim. Ele nem encosta, nem nada. Então por que estamos parados aqui? Nada disso está parecendo muito bom.

— É... Talvez não devêssemos parar no meio da estrada e tal.

Quando escuto minha voz parece que ela é feita de latão. Não é a minha voz. Talvez a voz de outra pessoa. Parece pequena.

— Ah, deixe disso. Não tem ninguém por perto.

— Mas... É que... Achei que ia me levar a algum lugar especial, não?

Jared assente. Ele aponta para as janelas, na direção das colinas e desta vista panorâmica de cartão postal.

— Não acha isso especial?

— Acho que sim.

— Ah, vamos. O que foi? Está com algum problema...?

Tem cerca de cem problemas.

— Não sei. Tem uma menina do trabalho. Ela foi despedida.

Porque escolhi logo esse eu não sei. Simplesmente saiu, e agora acho que este será o tema desta conversa, aqui no meio do nada.

— É?

Ele finge estar interessado.

— É, acho que estou chateada por não ter sido justo. Por ter sido meio que maldade, na verdade.

Silêncio.

— Entende? Meio que me sinto culpada.

Jared dá de ombros.

— Para que se sentir culpada?

— Oi?

— Quero dizer, isso não parece estar ajudando, parece?

— Não sei.

— Olhe, a culpa não foi sua, foi? Então esqueça isso.

Ele dá de ombros de novo. Deus, esse cara sabe dar de ombros.

Mas ele fica quieto e parece entediado e de repente parece um estranho. Tipo, o que aconteceu com aquele tipo de gestual grandioso que ele fez na frente de todo mundo na escola? Isso não faz sentido. *Ele* não faz sentido. É como se ele tivesse mudado em, tipo, dois segundos. Sem aviso prévio. Como se tivesse mudado de príncipe encantado para miojo.

— Sabe, eu provavelmente devia ir para casa. Minha mãe vai ficar preocupada comigo.

— Ah, qual é! Você pode ficar mais um pouquinho...

E agora ele está se aproximando. Está me olhando com uma expressão sedutora que parece ter saído de uma novela mexicana.

Aha! Este é o Jared de quem todo mundo me contou! O bandido mulherengo. O enganador em quem eu sabia que não devia confiar. Aqui está ele, senhoras e senhores, em toda sua glória cafajeste.

— Espere — começo. Mas Jared Kline praticamente pula em cima de mim e me esmaga, com a sua boca sobre a minha boca. E suas mãos também estão em algum lugar, e parecem estar querendo chegar a outro rapidamente.

Eu o afasto com um empurrão.

— Que merda é essa?!

Jared se afasta. Ele se recosta no seu banco.

— Anika? — Ele pisca os olhos algumas vezes. — Qual é o problema?

— Qual é o problema? Estou tentando conversar com você, e é como se você nem ligasse e só estivesse tentando me beijar.

— Ok, eu ligo. E sei que é horrível, e pode me processar se quiser, mas, sim, quero beijar você. Porque, adivinhe só? Você é muito gostosa.

— Que ótimo.

Ele se recosta de novo e cruza os braços.

— Ah, eu sei. Que insulto.

— Olhe, para falar a verdade, não estou interessada.

Ele me olha como se ninguém na sua vida jamais tivesse falado com ele desse jeito. Jamais.

— Sinto muito — balbucio. — É só que... Acho que eu devo ser uma idiota ou coisa assim.

Ele me olha durante talvez uns mil anos, e eu fico pensando em como vou conseguir chegar em casa depois de ele me expulsar desse jipe e em como o sol está se pondo, cedo, como no outono, e como nada disso está saindo conforme planejei. Nadinha.

— Nossa. Você realmente é... er. Você é meio que... dura com você mesma. Sabia disso?

— O quê?

— E você não é nenhuma idiota, Anika. Nem um pouco.

Tenho bastante certeza de que isso significa que ele vai ligar o motor e me levar para casa e fim de jogo, certo? Mas não é isso que acontece. Em vez disso, Jared Kline pergunta:

— Você é virgem?

— O quê?! Cale a boca! Por que está me perguntando isso?!

Silêncio.

— Eu só achei que... tipo, a essa altura... só estava pensando, acho.

— Bem, mesmo que eu fosse, não é como se eu fosse contar a *você*. Jesus.

— Ok, olha só. Eu sinto muito. Mesmo. Sinto muito por isso. Só fico meio atrapalhado com você ou algo assim. Tipo, não sei como agir perto de você.

— Bem-vindo ao clube então. Não sei como agir perto de ninguém.

Ele concorda e diz:

— Claramente.

— Então, olhe, esta é a verdade: Tem um milhão de garotas apaixonadas por você e que, se você mandar que pulem, elas vão perguntar de qual altura. Mas, tipo, não sou uma delas. Então, se você está atrás de alguém assim, sabe... vá em frente. Fique à vontade. Sério. Vá com tudo.

Jared fica quieto. Ele me olha nos olhos. Meu Deus, é como se fosse Mick Jagger me olhando ou algo assim. Você basicamente poderia desmaiar com esses olhos. Simplesmente morrer e deixar que alguém te encontre largada numa vala.

— Sei que você não é como essas garotas. É por isso que gosto de você.

Ele fica em silêncio por um instante, franzindo a testa para o volante. Não tenho ideia se ele vai me expulsar, me atacar de novo, ou se transformar num taco. Isto é, esse cara parece seriamente indeciso.

Então ele sorri. Um sorriso não muito convincente. Um sorriso falso, como quando você é criança e alguém te dá meias de Natal.

— Vou te levar em casa, ok?

O caminho de volta a Lincoln é silencioso. Graças a Deus ele liga o rádio.

— Gosta de U2?

— O quê?

— Aqui... — Ele aumenta o volume.

A caminho de casa escuto "Sunday Bloody Sunday", e o sol está se pondo rapidamente, e Jared está cantando junto, como se fosse de fato um rockstar.

Fico me perguntando quem é esse cara? O que ele quer de mim?

E por que, no banco do carona do carro de Jared, não consigo parar de pensar em Logan? No misterioso e brilhante Logan, que sempre diz a verdade. E cujo coração despedacei em um milhão de pedacinhos.

quarenta e oito

Quando chego em casa minha mãe está agindo de maneira esquisita. Estamos fazendo bolo de carne, e estou a ajudando, mas minhas irmãs também estão, portanto eu e minha mãe não podemos ter a conversa íntima que posso perceber que ela quer ter. Percebo que ela tem algo a dizer, porque está agindo de maneira muito formal. Agindo como alguém tentando agir naturalmente então, basicamente, está agindo de maneira totalmente artificial.

Quando minhas irmãs descem, ela se vira para mim.

— Você soube de Tiffany?

— O quê? Não. Por quê?

Ela olha para a sala ao lado, nervosa. Parece que é alguma integrante da Resistência Francesa, agindo daquele jeito.

— O que foi, mãe?

— Bem, querida, recebi um telefonema hoje... da mãe de Tiffany e...

— E o quê?
— Bem, ela, ela... desapareceu.
— O quê?!
— Ela disse que não a vê há mais de dois dias...
— Está falando sério?
— Sim, querida, estou.
— Mas que...?
— Eu sei. É só que... ela achou que você pudesse saber de alguma coisa.
— Como assim?
— Bem, ela disse que Tiffany estava agindo estranhamente. E que quando ela perguntou o que estava acontecendo... ela sorriu e falou alguma coisa sobre você e o Bunza Hut.
— O quê?!
— É. Foi o que ela disse... Ela falou que Tiffany perguntou: "Por que não pergunta a Anika?"
— E do Bunza Hut?
— Não sei. Ela só falou algo relacionado ao Bunza Hut e você. Não tem nenhuma ideia de onde ela possa estar?
— O quê?! Não! Mãe, não. Estou, tipo, assustada.
— Eu sei, querida, eu também.

O ogro entra, e nós duas fingimos estar temperando a salada, mas definitivamente não estamos temperando a salada porque quem se importa com tomates e alface e molho *ranch* com Tiffany desaparecida e quando de certa forma a culpa é minha?

quarenta e nove

Pedalando rápido, rápido, rápido. Continue, continue, não preste atenção em suas pernas dormentes de tanto pedalar, não preste atenção nos seus pulmões sem ar. Talvez seja apenas um sonho. E você pode desejar e rezar, mas o frio no seu rosto e seu coração disparado dizem que não, que isso é verdade, e que rezar não vai ajudar agora, não agora.

cinquenta

Na manhã seguinte há um buquê gigante de rosas vermelhas na porta de casa. É tão enorme que quase chega a ser constrangedor. Mamãe o leva até a casa de jantar, olhando o cartão.

— Minha nossa, olhe só isso...

Minhas irmãs e irmãos levantam o olhar de seus ovos com bacon. Olhe, temos que aplaudir minha mãe. Ovos e bacon, ou ovos com rabanadas, ou salsicha com waffles. Ela não brinca quando se trata de café da manhã. Ela leva a coisa a sério. Me pergunto se a mãe de Becky faz isso tudo de café da manhã todos os dias da semana, de segunda a domingo, trezentos e sessenta e cinco dias por ano? Sei que a de Shelli não faz. E, se fizesse, ela provavelmente só faria panquecas no formato de Jesus.

— São para você, Anika.

E lá estão elas, em cima da mesa na frente de todo mundo. Meu Deus, que vergonha.

Então Lizzie se inclina para mim. Só para ter certeza de que minhas bochechas vão corar e que meu rosto vai ficar da cor de uma lagosta.

— Deve ter sido um boquete e tanto.

— Meu Deus! Cale a boca! Você entende bem desse assunto!

Nossa, eu poderia matar as minhas irmãs às vezes. É como se elas existissem para me torturar.

Henry é o único decente entre todos. E Robby. Mas Robby está sempre no treino de futebol.

— Bem, você não vai ler o cartão, querida?

Minha mãe não escutou o comentário de Lizzie, senão ela teria sido mandada direto para seu quarto.

É um pequeno envelope cor-de-rosa com um cartãozinho cor-de-rosa.

Anika,

Sinto muito por ter te atacado como um cão raivoso.
Sou um idiota.

Jared

Bem, fica meio difícil ficar zangada com ele agora, né? Henry está curioso. Meio que como Spock.

— Bem, o que está escrito?

Lizzie abre a boca novamente.

— Está escrito: Obrigado pelo sex...

— Lizzie, já chega.

Graças a Deus que minha mãe existe. Se ela não estivesse por perto, Lizzie estaria enfiando aquelas rosas pelo meu nariz neste momento. Não estou brincando. O lance com Lizzie é que... Ela pode ter essa aparência frágil, mas na verdade ela meio que é bem forte. Tipo, ela consegue me dar uma surra todas as vezes. É irritante. Ela sabe que vivo em constante estado de medo. Ela conta com isso.

Henry ainda parece intrigado.

Agora é minha vez:

— Está escrito: "Querida Anika, sinto muito por suas irmãs serem tão piranhas. Talvez se elas tivessem seios se sentiriam melhor".

Lizzie pula em cima de mim, e Neener a está incentivando.

— Sua...

— Meninas! Meninas!

Robby está só assistindo e rindo enquanto come seu Froot Loops.

— Briga de mulher!

Agora Lizzie me prendeu contra o chão e está prestes a cuspir na minha boca.

— Lizzie, se você não sair de cima da sua irmã agora mesmo vai ficar de castigo por três meses. Durante as festas de fim de ano, também. Experimente só para ver.

Mamãe salva o dia mais uma vez. Aleluia. Lizzie já estava cheia de cuspe na boca. Queria que ela fugisse com uma banda punk logo, sabe?

Henry ainda está olhando fixamente para as flores. Henry tem uma tendência a fixações.

— Anika, isso dá certo? Você gostou das flores? Ou é besteira?

Me recomponho e me sento entre Henry e minha mãe.

— Funciona quando você gosta do cara.

— E você gosta, certo? Você gosta do cara? — Henry tem uma tendência a obsessões.

— O quê?

— Você gosta desse cara?

— Que cara?

— O cara que te mandou flores. Dã.

Mas eu não estou aqui agora. Essas flores estão aqui. E Henry está aqui. E mamãe está aqui. E esse cartão de Jared está aqui. Mas eu não estou nem perto daqui. Estou numa terra mágica de faz de conta.

Não há motivo, e não faz sentido, mas tudo que consigo fazer é encarar a janela e desejar que, de alguma maneira, Logan aparecesse. Queria que ele aparecesse e me dissesse como tirar tudo que é mau de dentro dele. Mas não posso. Não posso apagar todos aqueles tapas e hematomas e sabe lá Deus o que mais o pai fez a ele.

Ninguém pode. E a pior parte é que... nada daquilo é culpa de Logan. Aquela parte má... Ela foi herdada como se herdam cabelos castanhos e pele clara.

Então, como você pode ver, isso faz de mim uma pessoa horrível — talvez até mesmo a pior pessoa da história — quando respondo a pergunta de Henry:

— É. É claro que gosto dele.

cinquenta e um

A escola virou um lugar completamente diferente agora. Antes, era algo para suportar. Algo para não estragar. Mas não mais. Agora que sou a namorada de Jared Kline, e todo mundo sabe disso, a escola virou tipo este lugar ao qual eu vou e sou adorada. É meio bizarro.

Ainda sou eu aqui. Ainda sou a mesma. Mas agora todo mundo está agindo como se fosse bom ser legal comigo para não ter a cabeça decepada. Sério. Tipo, um movimento falso e eu poderia mandá-los para a forca.

Jenny Schnittgrund me convidou para uma sessão de bronzeamento com ela. Ela tem direito a acompanhante e queria saber se eu estava a fim de ir, tipo, como se eu gostasse disso.

Charlie Russell perguntou se eu quero ir ao rancho da família dele para cavalgar. Eles têm alguns cavalos, e é muito legal porque os cavalos são fáceis de montar. Talvez eu até pudesse levar Jared...?

E as líderes de torcida estão, basicamente, me seguindo por toda parte como se eu tivesse minha própria torcida particular.

Me deem um A! Me deem um N! Me deem I-K-A! O que diz?!

ANIKA! ANIKA! VAAAAAAAAAI, ANIKA!!

Não literalmente, é claro. Mas quase.

A única agindo normalmente é Shelli.

Shelli é a única pessoa nesta escola agindo exatamente como antes. Graças a Deus. Eu não aguentaria se ela também estivesse diferente. Acho que eu desistiria da humanidade de vez — jogaria tudo para o alto e pediria a Deus para apressar o Apocalipse.

Becky fica tentando tirar Shelli do caminho com cotoveladas para ser minha nova BFF. Até agora, ela já ofereceu sua casa depois da aula, me chamou para dormir lá na sexta, e me convidou para irmos juntas à festa de volta às aulas de Chip Rider, que basicamente é O lugar para se estar nessa época. Não importa que eu só tenha ido à casa dela, tipo, duas vezes, e que ela nunca tenha nem mencionado a palavra dormir, e que ela normalmente seja uma das anfitriãs daquela festa.

Tudo bem, Becky. Eu te perdoo. Não é culpa sua ter nascido com o cérebro de um velociraptor.

Sim, de alguma forma as chaves do reino vieram parar no meu colo e agora a escola inteira está agindo como se eu fosse a Princesa Leia ou coisa assim. Só para ter certeza de que não acordei num universo paralelo, corro para o banheiro, onde Stacy Nolan está retocando a maquiagem. Quando ela me vê, deixa seu lápis de boca cair na pia.

— É verdade?!
— O que é verdade?
— Que você está namorando Jared Kline?
— Acho que sim.
— Uau! Que loucura.
— Eu sei, né?

Mas agora Becky e Shelli entram atrás de mim e Becky começa a provocar Stacy.

— Oi, Stacy, teve algum bebê recentemente?

Stacy olha para mim em busca de socorro.

— É... ela nunca nem esteve grávida. Não lembra?

É o melhor que consigo dizer tão de improviso.

Mas Becky não vai deixar isso para lá. Ela está apenas afiando suas garras.

— Ah, é mesmo. Afinal, quem ia querer transar com *ela*?

E agora Stacy terá que retocar seu lápis de olho, porque seus olhos já estão começando a se encher d'água. Shelli sai, não querendo lidar com nada disso, e, sinceramente, eu queria poder dar o fora também.

— Sério? Para que isso? — pergunto.

Becky se vira para mim.

— O quê?!
— Tipo, para quê? Você conseguiu o que queria, a garota está chorando, quero dizer... só... não consegue deixar para lá?

— Uau! Acho que alguém está se achando mais do que é.

E já sei o que vem em seguida. Sei exatamente. Aí vem.

— Imigrante. — Ela fala aquilo como se fosse uma maldição.

Stacy já desistiu de sua maquiagem a essa altura. Shelli está olhando da porta. Isso não é bom.

— Olhe. Só estou dizendo que às vezes essas coisas que você diz magoam as pessoas muito mais do que você pensa, ok?

Ugh. Não saiu como eu esperava.

E agora Becky olha de novo para mim. Seus olhos parecem dois riscos, e posso ver que ela está planejando seu ataque. Estou morta. Silêncio mortal.

Então, do nada, Becky dá uma gargalhada. Mas não uma gargalhada engraçada e nem feliz. Uma gargalhada cheia de punhais.

— Ha-ha! Ha-ha-ha! Então agora você virou, tipo, a Madre Teresa?

Ela sai do banheiro, empurrando Shelli da sua frente, segundos antes de o sinal tocar.

cinquenta e dois

Não quero que Jared Kline me busque na escola hoje, mesmo que isso signifique que sou louca porque todo mundo o idolatra e ele me mandou o maior buquê de rosas da história. Não sei o que eu quero. Só sei que não é ser levada só Deus sabe lá até onde para ele babar em mim, pedir desculpas e perguntar se sou virgem, isso é certo.

Tem uma passagem na cerca perto da pista de corrida que alguns dos metaleiros abriram para poderem sair para fumar durante as aulas de educação física. Depois do sétimo tempo, vou correndo até o banheiro e saio pelos fundos; nem Shelli vê.

Posso espiar da lateral da escola e vejo Jared, com seu boné trucker, estacionado na frente. Becky e Shelli estão lá paradas, e todo mundo parece ligeiramente confuso. Sei que eu devia estar lá. Sei disso. É assim que funciona. Mas simplesmente não consigo. Simplesmente não quero estar naquela posição. Tipo nunca. Nem no meio do nada sem ter para onde correr e completamente à mercê de alguém em quem, francamente, não confio, ou confio, ou talvez confie um pouquinho.

Claro, da última vez ele me atacou, mas se arrependeu e me mandou flores, mas o que ele vai fazer da próxima vez? Me estuprar, se arrepender e me pedir em casamento? Tipo, o cara é meio que instável.

Eu sei, eu sei. Sem ele eu estou ferrada. Agora que Becky me odeia, sem Jared Kline estou morta. Tipo, morta. Morta do tipo terei que mudar de escola.

Nem Shelli conseguiria me salvar. Ela vai precisar salvar a si mesma. E ela vai conseguir. Sei disso. Não a culparia por isso nem nada. Tudo vale nos corredores cruéis do colegial.

Saindo de fininho por trás da pista de corrida, sinto uma espécie de euforia, mesmo que provavelmente eu esteja estragando tudo de vez. Alguma coisa em deixar Jared, Becky e todo mundo mais me esperando lá no altar parece com aquela música do John Lennon com aquela garota asiática quando ele deixou os Beatles.

Estou a cerca de cinco quarteirões na direção de casa, num caminho diferente do que Shelli e eu fazemos, porque neste momento tudo que eu quero é ficar sozinha. E é quando escuto. A lambreta de Logan. Eu reconheceria esse som até dormindo. Ele passa correndo por mim, para no meio-fio e tira o capacete.

Ficamos parados olhando um para o outro. Tem mil quilômetros de distância entre nós, mas também parece que há um campo eletromagnético que poderia fornecer eletricidade a uma cidade inteira.

— Jared Kline hein? Eu devia ter imaginado.
— Olhe, Logan. Eu não sei...
— Olhe. É só... toma... eu ia te dar isso na outra noite... toma.

Ele me dá um pedaço de papel dobrado em triângulo.

Nosso olhar se encontra, e a sensação é como levar um soco no estômago. Cada pedacinho meu tem vontade de subir naquela lambreta com ele e viajar na direção do pôr do sol, mas é como se esse mundo não existisse mais, com seus arco-íris e unicórnios e fadas.

Ele está prestes a recolocar seu capacete e ir embora.
— Ei, espere.

Ele para.
— Como você está? Como está seu pai? E seus irmãozinhos?

Ele me olha como se eu estivesse usando um chapéu de bobo da corte.
— Quer mesmo saber?
— Quero.
— Meu pai está estranho. Bem estranho. Meus irmãos continuam fofos. E minha mãe continua bêbada.

E com isso ele recoloca seu capacete e sobe a colina, passando pela árvores secas e congeladas.

Vai ser impossível esperar chegar em casa para ler isso. Abro o pequeno triângulo e leio: "UM HAICAI". E embaixo está o haicai. Cinco-sete-cinco. É isso que diz:

Interminável.
Quase demais para mim
Você é meu céu.

cinquenta e três

Durante o jantar, só consigo pensar em Logan. Aquele haicai absurdamente lindo fica se repetindo na minha cabeça sem parar. Interminável. Quase demais para mim. Você é meu céu... Interminável. Quase demais para mim. Você é meu céu... Vezes e mais vezes no replay, e todos ao meu redor, Lizzie, Neener, Robby, Henry, mamãe e o ogro, estão sentados comendo seus purês de batata, como se tudo estivesse ótimo e o mundo não estivesse acabando, e estou me segurando para não atirar meu prato de purê na parede.

Jesus Cristo.

Tomei a decisão errada tomei a decisão errada tomei a decisão errada?

Interminável.

Quase demais para mim.

Você é meu céu...

Merda!

Não ajuda nada que aquelas malditas flores estejam posicionadas bem no meio da mesa.

Minha mãe é a única a notar que basicamente estou enlouquecendo. Ela fica tentando me olhar nos olhos, e eu fico evitando. Ela me conhece. Pode ler meus pensamentos como um Jedi. Mas eu a evito. E depois do jantar, eu a evito mais um pouco. Corro para meu quarto, onde pego o pedacinho de papel e o leio mais uma vez.

Essa é a equação. Pura e simplesmente. Se eu terminar com Jared Kline, estou morta. Morta para Becky. Morta para Shelli. Morta para a Pound High School e todo mundo que estuda nela. Becky vai transformar minha vida num inferno. Ela vai transformar minha vida em Oklahoma. Ela vai me atacar mais do que ataca Shelli, mais do que ataca Stacy Nolan, mais do que ataca Joel Soren.

Se eu ficar com Jared Kline, mesmo sem ter certeza se ele é uma farsa ou a melhor coisa do mundo, nada disso vai acontecer. Vou mandar na escola pelo resto da minha carreira ali e talvez até além.

O problema é que Jared Kline pode realmente ser o golpista que todo mundo diz que ele é. Um cafajeste muito bom, realmente convincente, e que, depois de me convencer a me apaixonar por ele totalmente, cem por cento, para conseguir me levar para a cama, vai me largar como um saco de batata chips.

E então tem Logan.

Logan é um cara diferente, brilhante e honesto, que faz as coisas mais legais da história e a quem todos odeiam, mas por quem estou basicamente apaixonada.

Mas Logan é defeituoso, está quebrado. E, não vamos colocar panos quentes aqui: isso não vai mudar.

Mesmo que não seja culpa dele, mesmo que tenha sido seu péssimo pai o culpado, mesmo que não seja justo... esse tipo de coisa machuca lá no fundo. Esse tipo de coisa não vai embora.

Uma boa pessoa não escolheria ficar com *ele*? Uma boa pessoa não tentaria ajudar de alguma maneira?

Santo Deus, me diga o que fazer me diga o que fazer me diga o que fazer.

Sim, estou de joelhos, rezando. Não me julgue e não me chame de estranha. O fato é que preciso de ajuda e preciso logo porque sinto como se estivesse prestes a arrancar todo o meu cabelo e a pele do meu rosto.

Sou uma pessoa tão péssima. Sou uma idiota.

Estou perdida.

Santo Deus, me diga o que fazer me diga o que fazer me diga o que fazer.

Minha mãe está batendo na porta, ela está batendo há um tempo, mas não estou ouvindo. Finalmente, ela abre.

— Querida, seu amigo Jared está no telefone.

Ah, meu Deus. Agora não.

— Hum, diz que... diz que eu morri.

— Querida...

— Eu não sei, mãe. Diz que estou dormindo ou coisa assim.

— Anika, são seis da tarde.

— Mãe, inventa alguma coisa. Por favor...

— Ok, mas... quer me dizer o que há de errado?

— Não, mãe. Eu só... só estou... cansada ou alguma coisa do tipo.

Ela me olha, e posso perceber que ela quer ajudar. Assim como todas as vezes em que ajudou desde que nasci. Chorando? Ajuda. Cólicas? Ajuda. Meleca? Ajuda. Ralei o joelho? Ajuda. E há um milhão de coisas que minha mãe pode fazer, e já fez, para me ajudar. Mas nenhuma delas vai entrar em mim e me tornar uma pessoa diferente. Nenhuma dessas coisas vai entrar em mim e me tornar boa.

cinquenta e quatro

No dia seguinte, acordo com uma febre de 39 graus e minha mãe se recusa a me deixar sair de casa. Não que eu esteja insistindo muito. A última coisa que quero fazer é ir à escola hoje, ou amanhã, ou para sempre. Na verdade tudo que quero fazer é voar até as estrelas com Logan. Mas é simples. Não posso ter o que quero. É isso.

Bem, não seria a primeira vez na história da humanidade em que uma garota de 15 anos, moradora do meio do nada, não conseguiu o que queria. Tenho certeza de que existem milhares de garotas de 15 anos que receberam exatamente o oposto do que elas queriam. Tipo serem queimadas numa fogueira, por exemplo. Ou ser obrigada a casar com um homem de 80 anos em troca de algumas ovelhas.

Não, este é um problema "de primeiro mundo", como diria o vampiro. A solução, diria ele, é tirar notas boas.

O vampiro deve estar lendo meus pensamentos, porque, como se pegasse a deixa, ele liga e exige falar comigo.

— Falei com seu mãe, e ela disse que você está doente, é verdade?

— Sim, pai, estou doente.

— Só isso?

— É.

— Tem algum coisa errada com você. O que foi?

— Não sei, pai, só estou chateada com uma coisa.

— É uma garoto?

— Mais ou menos.

— Está grávido? Você não tem permissão de ficar grávido.

— Não, pai. Meu Deus. Não. Não estou, nossa, que constrangedor.

— Ok, bom, porque isso iria arruinar seu vida, entendeu?

— Sim, pai.

— Isso está interferindo com seus notas? Não pode deixar essas dramas insignificantes piorarem seus notas. Isso é a mais importante, entendeu?

— Sim, entendi.

— Tem certeza?

— Sim, pai. Minhas notas estão boas. Estou até ensinando os outros na aula de programação de informática.

— Isso é boa. Apesar de não sei bem se ia querer ser uma geek de computador.

— Pai, onde aprendeu essa palavra?

— Ah, qual é. Não vivo no Idade das Trevas. Ao contrário do que pensam.

— OK, pai.

— Se eu achar que existe qualquer indício de que você está pondo sua futuro em risco nesta lugar esquecido por Deus, não vou hesitar em trazer você para Princeton, onde tenho recursos ilimitadas para educar você nos melhores escolas particulares que essa país tem. Na verdade, pode ser mais apropriado...

— Pai. Não está afetando minhas notas. Prometo.

— Nem aquela professor convencida de educação física? Ela já te deu um A? Ou está achando que sua vidinha sem sentido ganharia algum coisa dando a uma aluna nota A um B por não pular corda como ele quer?

— Não, acho que consegui o A, pai.

— Bom. OK, então tenho uma voo para Genebra. Vou fazer um conferência lá. Vou mandar uma cartão-postal.

— Ok, pai.

— Lembre-se. Tenho as meios aqui de dar a você educação de primeiro linha. Se decidir que quer ir embora desta lugar horrível, vou adorar ajudar você. Além disso, pode ser bom passar um tempo com sua pai antes de morrer. Agora, adeus.

E com isso meu pai, o vampiro, desliga o telefone para ir à Suíça. E depois Praga, e talvez Leningrado. Nunca se sabe onde ele está até receber o cartão-postal. Pináculos e torres e gárgulas de algum lugar do meio da Europa e uma mensagem. "Anika, esta é um foto de Viena. Tenho um palestra aqui. Grande beijo, Père".

Père. É "pai" em francês. Aquela palavrinha em francês é o mais próximo que jamais teremos de afeto.

Minha mãe entra antes de eu desligar para averiguar o dano. Ela já sabe, a essa altura, que um telefonema do vampiro pode me devastar por dias. Caso ele resolva voltar seu senso de humor escasso contra mim. Resolva me eviscerar. O que é especialidade dele. Uma coisa sobre o vampiro é: fique do lado dele. Mas não tente se aproximar demais. Se o fizer, ele te morde.

Minha mãe se senta na cama ao meu lado.

— Tudo bem?

— Sim.

— Sabia que chegou uma carta para você?

— O quê? Quando?

— Hoje de manhã. É de Oakland. Conhece alguém em Oakland?

— Não, mãe. Definitivamente não.

— Querida, tem alguma coisa que não está me contando?

— Não, mãe.

— Ok. Aqui está. Agora volte para a cama, precisa descansar.

E ali está, uma carta de Oakland. Quem diabos mora em Oakland? Nunca nem estive além do Colorado.

Entro debaixo das cobertas e a abro.

É de Tiffany.

Querida Anika,

Bem, eu consegui! Cheguei em Oakland! Estou com a minha avó. Ela ficou superfeliz em me ver, e a casa dela é bem legal, com dois andares e tudo. Por favor não conte a ninguém onde estou, especialmente para a minha mãe, ok? Eu só queria escrever para você e agradecer. Se não fosse por você, eu nunca teria conseguido chegar aqui. Peguei o trem. Foi muito bonito. Passamos pelas montanhas, e foi uma loucura. Nunca vi tanta neve. Fiquei meio assustada, um pouquinho. Tipo, se ficássemos perdidas lá, teríamos que comer uma à outra. Bem, adeus por enquanto. Só queria agradecer.

Sua amiga,

Tiffany

Obs.: Estou agradecida pelo que você fez, mas preciso admitir, ainda não entendo. Por que você pegaria uma coisa que não é sua quando você tem tudo de que precisa bem na sua frente?

Obs. 2: Minha avó não me deixou ficar com o dinheiro, ela disse que vai dar azar, então aí está. Eu arredondei para as moedas não ficarem balançando no envelope.

E ali, atrás da carta: Exatamente mil duzentos e trinta e sete dólares. Droga.

Até Tiffany lá em Oakland é mais sábia que eu.

O que acham? Acham que devo guardar o segredo dela? A mãe dela provavelmente está surtando. Isto é, meio que parece que uma garota deve ficar com a mãe mas... talvez não aquela mãe, acho. De qualquer maneira, qualquer coisa é melhor do que aquele lugar horrível na interestadual.

Segunda pergunta. O que devo fazer com esse dinheiro?

U$1.237,00.

Eu podia guardá-lo e usá-lo para a faculdade. Existe dinheiro guardado para a minha faculdade?

Minha mãe bate na porta de novo.

— Querida, como está se sentindo?

— Mãe.

— Sim.

— Quer ouvir uma coisa idiota?

— Acho que sim, querida.

— Roubei mil duzentos e trinta e seis dólares do Bunza Hut e agora nem quero mais.

Silêncio.

— O quê?

— Mãe. Sou uma ladra. Sou uma pessoa horrível; e sei que você tentou, mas sou uma ladra e roubei todo este dinheiro, e, além disso, roubava um pouco do seu Valium para colocar no café do Sr. Baum.

— O quê?!

— Para ele não ser mau com Shelli. Ele era, tipo, muito mau com ela.

— Querida, você não pode andar por aí drogando as pessoas!

— Eu sei. Sei que sou uma pessoa terrível e sei que vou para a prisão, mas pode por favor me perdoar porque fiz por uma boa causa?

— Você roubou por uma boa causa?

— Mais ou menos.

— Não sei se estou entendendo, querida...

— Eu dei o dinheiro para Tiffany, depois que ela foi demitida. Mas ela o devolveu para mim. Viu. Eu sou um fracasso. Mesmo fazendo um personagem estilo Robin Hood pela minha redenção, fracassei.

— Meu bem... Ok. Vou fechar esta porta, e vamos pensar nisso juntas, ok?

— Ok.

cinquenta e cinco

Minha mãe me agasalhou como um boneco de neve, e estamos na Sheridon Boulevard a caminho da casa do Sr. Baum. E por casa, quero dizer mansão. O sol está quase se pondo e brilhando pelas árvores antes de sua despedida. Acho que para isso ela pode me deixar sair. Com uma febre de 39 graus. Onde obviamente vou pegar pneumonia e morrer.

— Certo, você vai ficar no carro, ok? Fique aqui.

Concordo sem dizer nada.

Minha mãe subitamente se transformou numa agente secreta em seu próprio filme de espionagem. Seu tom de voz é conspiratório, e, sim, ela está usando óculos escuros e uma capa de chuva.

De repente me dou conta.

Será que minha mãe é maluca?

Talvez eu não fosse a única aberração na família esse tempo todo. Talvez seja verdade aquela história de que "filho de peixe, peixinho é". E talvez aquele peixe esteja sentado ao meu lado de óculos escuros gigantes e capa de chuva.

— Certo. Quando eu contar até três, vou correr até lá, fazer a entrega, e, em seguida, vamos cair fora.

Entrega.

Vamos "fazer a entrega".

E depois vamos "cair fora".

Sério. O que está acontecendo? Enquanto isso, Frosty, o boneco de neve aqui, está tão agasalhado que é impossível se mexer. Ela fica insistindo para eu ficar no carro, completamente inconsciente do fato de que eu não tenho outra escolha. Eu não poderia me mexer nem se o carro começasse a pegar fogo.

— OK. Pronta? Um... dois... TRÊS!

Ela sai correndo na neve, uma silhueta de capa de chuva num mar de branco. O portão leva a uma trilha de pedrinhas até a porta da frente. Uma grande construção com duas portas gigantes de madeira e uma aldrava de ferro forjado.

Ela "faz a entrega", dá meia-volta e corre até o carro.

De dentro da casa, um cachorro começa a latir.

— Merda! Merda! Merda!

Ela pula para dentro do carro, e de repente estamos disparando de ré enquanto a luz da entrada da mansão do Sr. Baum se acende e minha mãe acelera pela Sheridan como se fosse Billy, the Kid.

Fico ali no meu traje de boneco de neve, sem conseguir me mover nem falar nada, para completar. Isto é, a coisa toda é incrivelmente absurda, mas também estou meio que maravilhada com a minha mãe agora.

Além disso, cheguei à feliz conclusão de que puxei meu lado "especial" dela. Mistério desvendado!

Apesar de que, para falar a verdade, vou sentir falta daqueles U$1.237,00 contidos "na entrega".

Minha mãe fica olhando com suspeita pelo retrovisor. Praticamente posso ouvir seu coração batendo forte de onde estou.

— Ok — suspira ela. — Acho que escapamos.

cinquenta e seis

Dois dias mais tarde, ainda estou na cama gripada ou resfriada ou provavelmente com cólera. Estou deitada de barriga para cima, toda coberta. Minha mãe subiu as cobertas e está medindo minha temperatura. Ela tira o termômetro.

— Ok. 37,3. Melhorou.

Ela guarda o termômetro e afofa os travesseiros.

— Mas ainda precisa descansar, está bem?

— Quer dizer que não posso ir em nenhuma missão esquisita da qual teremos que "cair fora"?

Ela sorri e me ajeita embaixo do cobertor.

— Exatamente.

— Mãe?

— Sim, querida.

— Acha que talvez você tenha futuro no Serviço Secreto?

Minha mãe ri.

É a coisa mais boba do mundo, mas sinto como se uma enorme bigorna tivesse sido tirada de meus ombros desde que cantamos pneu fugindo do portão do Sr. Baum.

— Mãe, acho que você meio que salvou o dia.

— Como assim, querida?

— Bem, tipo, acho que tudo aquilo estava realmente me incomodando, tipo me apodrecendo por dentro ou algo assim.

— Ah é? Então, deixe eu te perguntar uma coisa. Realmente valeu a pena os mil dólares...

— Mil duzentos e trinta e seis dólares e cinquenta centavos.

— Ok, valeu a pena... se sentir assim por essa EXATA quantia?

— Mãe, estamos em alguma espécie de filme para a TV?

— Não. Não estamos, não. Mas quero saber. Valeu a pena?

Ugh. Odeio quando os outros estão certos.

— Não, mãe, não valeu. Foi uma idiotice.

— Ok, ótimo. Então não preciso mais me preocupar com isso...?

— Não. Não precisa.

— Ótimo. Porque isso poderia arruinar seu futuro. E então o que seu pai faria?

— Ele provavelmente iria para Viena. Ah, espere, ele já fez isso.

— Apenas lembre-se, nada de roubar. É feio.

— Mãe, quer ouvir outra coisa boba?

— Por favor. Não. Não posso aceitar mais nenhuma missão.

— Eu te amo.

Minha mãe fica olhando para mim. Ela fica com os olhos meio marejados, ou talvez só esteja cansada. Ela está há três dias cuidando de minha doença, sem contar dos outros quatro vagabundos da casa.

— Também te amo, querida. Só pare de drogar pessoas, ok?

Ela me dá um beijo na testa.

— Agora vá dormir, filhotinha.

Ela sai e fecha a porta.

Parece que não consigo nem levantar a cabeça de tanto Tylenol e canja de galinha que ela me fez tomar. Ela me agasalhou como um esquimó e esfregou Vick VapoRub no meu corpo todo e colocou um umidificador ao lado da cama. Minha mãe não brinca quando se trata de resfriados. Ou gripes.

O teto está começando a ficar branco, e não consigo deixar os olhos abertos por nem um minuto. De alguma maneira a carta e o telefonema e o haicai e a missão são coisas demais em que pensar, e minha cabeça afunda no travesseiro, e de repente estou vendo aquela pintura branca como cristal que Logan fez. Talvez, se eu tiver sorte, acorde em Genebra ou em Zermatt ou em Viena. Talvez eu acene para o vampiro, e ele acene de volta, se eu continuar tirando apenas A. Se não, ele vai continuar caminhando, como se nem tivesse me visto.

cinquenta e sete

No meu sonho, estou parada sobre uma camada de neve esparramada aos pés das montanhas da Suíça. Atrás de mim está a montanha Cervino e o céu está azul-claro, da cor de uma caixinha da Tiffany's. Sou eu, mas de certa forma não sou eu, ali. Eu de vestido branco, e tudo é branco branco branco. É o lugar mais bonito em que já estive, como uma floresta encantada de cristal, e do outro lado, saindo da escuridão, está Logan. Ele para, e mesmo estando a milhas de distância posso vê-lo, enxergar dentro dos seus olhos.

Estamos sendo puxados um para o outro, como se a neve fosse uma esteira rolante nos aproximando, e agora estamos mais próximos, mais próximos e agora estamos próximos. Agora ele está bem na minha frente e o céu está branco e claro, e começa a nevar, apenas um pouquinho, pouco a pouco, de floco de neve em floco de neve, e nós dois sabemos que esse é o lugar mais encantado do mundo, esse lugar entre nós dois.

E ele se inclina para mim, e eu me inclino para ele, e é um beijo, um beijo casto, que se transforma num beijo não tão casto assim, e agora é como se estivéssemos nos transformando numa coisa, nos transformando numa coisa só, nos transformando um no outro, nos transformando na luz branca e nos flocos, e somos luz luz luz e estamos prestes a flutuar até o céu, passando pelas montanhas e pela floresta escura e pelo Cervino, e subindo subindo subindo ao topo mundo inteiro.

Mas então as árvores negras da floresta ficam espetadas e espigadas e cruéis, e elas nos alcançam por trás de Logan e o puxam com seus braços, arrastando-o de volta, e a neve cede e de repente não há mais nada, nada abaixo de nós, e as árvores negras puxam Logan para baixo, para baixo, para baixo e para muito, muito longe. E estou gritando, ou tentando gritar, mas não sai som algum, e estamos nos entreolhando através do abismo de gelo congelante e somos indefesos, indefesos e ninguém consegue me escutar, ninguém consegue ver, e o procuro, olho em todos os lugares ao meu redor e através do gelo e dos galhos das árvores e da floresta de neve, mas ele se foi.

Acordo com um salto e coberta de suor. O cômodo está tão quieto que dá para ouvir a própria respiração e alguma coisa está errada. Mas não há nada de errado. Foi só um sonho. Aquilo foi só um sonho que tive, mas foi tão real que parecia mais real do que este momento agora. Isso aqui, isto *é* real.

O relógio está piscando: 4h13.
4h13.
4h13. E um silêncio de pedra. Nada daquilo foi real, foi apenas um sonho. Não seja boba.

Mas tem alguma coisa estranha. Tem alguma coisa me puxando da cama e pelo corredor. Pelo corredor, que agora parece mais comprido do que eu me lembrava. E estou caminhando. Como se estivesse sonâmbula, só que não, estou acordada. Estou acordada agora. Esta é a minha casa. Este é meu corredor. Este é meu telefone.

Eu pego o telefone.

O que estou fazendo?

Que diabos estou fazendo?

Ah, já sei o que estou fazendo. Vou ligar para Logan. Vou ligar para Logan agora mesmo e contar que estou apaixonada por ele.

E agora sei disso.

Sei disso tão bem quanto sei que o céu é azul e que o mundo é redondo e que a lua orbita a Terra e que a Terra orbita o sol. E mal posso esperar para contar a ele. Mal posso esperar para contar a ele, e vai ser igualzinho aquele beijo, igualzinho aquele beijo na nuvem de neve, e eu e ele vamos ser como luz e ar, juntos.

Mas são 4h17. Você não pode ligar para alguém às 4h17. Você pode ligar talvez às dez da noite, ou talvez às nove da manhã se for urgente. Mas não às 4h17. Não pode fazer isso. É simplesmente estranho. Ninguém nem terá acordado ainda, e você vai acabar despertando a casa toda. E aí o que você vai dizer? "Chame Logan. Tá, obrigada. Ei, Logan, tive um sonho com muita neve e estou apaixonada por você".

Não, não. Espere até amanhã. Espere até amanhã e conte a ele depois da escola. Ou antes da escola. Ou na escola? Quem dá a mínima, afinal? Conte a ele na escola. Você vai contar a ele. Você vai contar a ele na escola. E logo serão você e ele juntos.

cinquenta e oito

Tem uma TV ligada quando acordo, o que é estranho. São cerca de cinco da manhã, o que é estranho. Não somos uma casa que acorda às cinco da manhã e certamente não somos uma casa que fica com TV ligada às cinco da manhã, minha mãe se certifica disso. A TV é ligada à noite, depois dos deveres de casa, e, mesmo assim, apenas por pouco tempo. Um programa, talvez dois. Isto é, o ogro vê TV a noite inteira depois de jantar, e o aparelho o põe para dormir todas as noites. Mas a gente não. TV de manhã não pode ser a gente.

Mas ela está ligada.

E há uma comoção.

Há vozes e sussurros e pedidos de silêncio e então mais e mais da TV.

Posso ouvir Lizzie e Neener. Henry acaba de dizer alguma coisa, e Robby também. Minha mãe está pedindo para que façam silêncio. Todos eles acordados às cinco da manhã.

— Silêncio. Calem a boca. Fiquem quietos. Não a acordem.

Não acordem quem?

Não acordem quem? Não acordem a mim? Só pode ser eu. Sou a única "ela" da casa que não estava acordada.

Fico parada na porta escutando.

— Shhh. Lizzie. Estou falando sério.

Dou uma espiada, e Lizzie está tapando a boca com uma das mãos. Neener também. Robby está sentado, e Henry parece pálido como um fantasma. Henry parece alguém que acabou de ter todo o seu sangue sugado e substituído por água gelada.

— Precisa contar a ela, mãe.

E agora não consigo mais me segurar.

— O quê? Me contar o quê?

Estou correndo para dentro da sala na direção da TV, e todos estão se afastando para abrir espaço, exceto minha mãe, que tanta ficar na minha frente. No fundo, a TV faz barulho. É uma voz, uma voz excitada. É uma voz de noticiário. É alguém de um noticiário.

— Querida, escute, acho que precisamos conversar sobre isso...

Mas já passei por ela. Já passei por mamãe e passei por Lizzie e Neener e Henry e Robby. Já passei por todos eles e já estou na frente da TV, na frente do penteado de loira feliz e do rosto de notícias tristes e das palavras preocupadas e entusiasmadas da apresentadora.

E ela também está na frente de alguma coisa. A apresentadora. Ela está na frente de alguma coisa com sirenes e carros e luzes giratórias.

Ela está na frente da casa de Logan.

cinquenta e nove

Pedalando rápido, rápido, rápido, este é o momento. Um daqueles momentos de filme que você nunca acha que vai acontecer com você, mas que, de repente, acontece com você, e agora o momento chegou.
    Pedalando rápido, rápido, rápido, esta é minha única chance de impedir. Este é o instante em que parece que tudo vai dar horrivelmente errado e que não há esperança, mas, de repente, como num filme, existe esperança no fim das contas e uma surpresa que muda tudo, e todos dão um suspiro de alívio e vão para casa, sentindo-se bem consigo mesmos, e talvez peguem no sono no carro.
    Pedalando rápido, rápido, rápido, este é o momento, este é o momento do qual vou lembrar pelo resto de minhas noites e dias e quando ficar encarando o teto. Subindo aquela colina e descendo a seguinte, em meio àquelas árvores e além da escola.

Pedalando rápido, rápido, rápido, este é o momento, quando eu chego lá, você pode ver as luzes ficando azuis, vermelhas, brancas, azuis, vermelhas, brancas, azuis, vermelhas, brancas, pequenos círculos retalhados como os que saem de uma sirene, e você acha que é capaz de impedir, mas é claro que você não é, como pôde um dia pensar que seria?

Pedalando rápido, rápido, rápido, este é o momento...

Este é o momento, e é tarde demais.

sessenta

Quando freio minha bicicleta, a cidade inteira já está na rua de Logan. Os vizinhos, a polícia, as ambulâncias, há ambulâncias por toda parte e há médicos e paramédicos e intravenosos e corpos. Há corpos.

Há corpos em macas.

Uma das macas está indo numa direção, cercada por paramédicos e IVs e ordens sendo dadas. As outras macas estão indo em outra direção, mais lentamente, não há nada lá. Nenhuma urgência. Nada.

Na primeira maca, rodeada por paramédicos, há uma meinha. Uma meinha aparecendo, estampada com o R2-D2. Há uma meia aparecendo, e conheço aquela meia porque é a meia de Billy e ele estava usando aquela meia na noite em que Logan o colocou para dormir, mas agora aquela meia está encharcada de sangue, e posso vê-la saindo de debaixo do lençol. Agora aquela meia está encharcada de sangue e agora aquela maca está sendo colocada na ambulância e não sou a única que viu aquela meia e todo mundo, todo mundo, está tapando a boca com as mãos porque todo mundo pode ver a meia.

E atrás daquela maca, grudados naquela maca, estão a mãe de Logan e o irmão mais novo dele também, ainda em seu pijama camufla. E sua mãe e irmão estão correndo, correndo logo atrás, colados naquela maca, sendo levados também, as luzes girando e girando, rapidamente. Ela partiu, ela partiu. Isso significa esperança. Há esperança para aquela maca.

E agora aparece uma segunda maca. Deus, por favor pare de tirar macas daquela casa, mas ninguém está escutando, ninguém está ouvindo, e lá vem mais uma.

Esta é grande. Um corpo grande, um corpo muito, muito grande e alguma coisa quieta nela. E aquele lençol está puxado até a ponta da maca. E aquela maca está sendo levada lentamente. Mas já são duas, já foram duas macas saindo daquela casa e é o bastante; Deus, por favor, Deus, faça com que seja o bastante, mas não é o bastante, não é o bastante, e agora a porta da frente é aberta de novo e há mais uma.

A porta da frente é aberta e aparece mais uma.

E lá está aquela mão. E lá estão aqueles pés. E lá está a mão que colocou aquelas meias do R2-D2 debaixo daquelas cobertas de *Guerra nas Estrelas*. Aquela é a mão que colocou para dormir aquele Homem-Aranha. Aquela é a mão que se estendeu para mim e que me puxou para seu lado e que me fez passar voando pelas árvores em cima de sua lambreta. Aquela é a mão com a qual sonhei noite passada. Aquela é a mão naquele corpo que devia estar ao meu lado, naquele corpo pelo qual me apaixonei e aquela cabeça e aquele coração também. Aquela é a mão, e ela não está se mexendo.

Ela não está se mexendo.

sessenta e um

Estão tentando me segurar. Minha mãe e todas essas pessoas, algumas ainda de pijama. Estão tentando me agarrar e me segurar e me tirar daqui. Estão tentando me impedir de atravessar essa fita da polícia. Estão tentando me impedir. Mas eles não podem me impedir porque ninguém pode me impedir porque é Logan. É Logan ali naquela maca, e aquela maca está coberta de sangue e aquela maca está sendo levada para longe, longe, mas ela não pode ir para longe, não podem levá-lo para longe, por favor não o levem para longe; era para ficarmos juntos. E agora estou de joelhos e minha mãe e essas pessoas, quem são todas essas pessoas, estão me pegando pelos ombros, mas estou quase alcançando Logan. Estou quase alcançando Logan. Posso tocar nele. Posso tocar nele e trazê-lo de volta à vida. Posso trazê-lo de volta à vida se apenas conseguir tocá-lo.

Mas eles me seguraram, e a voz da minha mãe está vindo de algum lugar e posso escutá-la:

— Não, não, Anika. Não, Anika, por favor, apenas, por favor, querida, estou aqui. Estou aqui. Estou com você. Estou aqui.

E a maca se vai, a maca passa por mim. A maca está indo embora e embora e passando por aquela porta e entrando naquela ambulância, e a porta se fecha, e fica tudo quieto, tudo está quieto agora, e tudo está rodando agora, e as ambulâncias e as luzes giram e giram acima de mim, e há uma voz e há um corpo me segurando, há uma voz e um corpo evitando que eu me despedace em um trilhão de pedacinhos e desmorone no chão.

— Estou aqui. Estou aqui, querida. Está tudo bem. Estou com você.

sessenta e dois

Este foi o resumo oficial publicado no *Lincoln Journal Star*:

Um morador de Lincoln, desesperado por causa de suas dívidas, tentou matar sua esposa e três filhos. A esposa e os dois filhos mais novos sobreviveram e foram encontrados na escada de serviço da casa por volta das 4h45. O filho mais velho e o pai foram mortos durante a discussão. A polícia foi chamada depois que vizinhos relataram terem ouvido o som de disparos. Os dois corpos foram encontrados sem vida na entrada da casa. O filho ferido foi levado às pressas para o hospital em estado crítico. Ele está estável depois de ser atingido por um dos disparos. O incidente aconteceu no subúrbio sudeste de Lincoln, logo depois das quatro da manhã. Foi encontrado um bilhete de suicídio na bancada da cozinha. Nele, Steven McDonough, 42 anos, expressou remorso por suas dívidas e "claramente indicou sentir muito por ter de tirar a vida de sua esposa e filhos", disse o delegado Meier. A vítima foi identificada como Logan McDonough, 15 anos de idade. Acredita-se que ele tenha morrido ao tentar salvar as vidas de sua mãe e irmãos mais novos. O pai, Steven McDonough, estava com um teor de 0,25% de álcool no sangue quando foi encontrado. A mãe e os dois filhos sobreviventes estão se recuperando e recebendo tratamento médico e psiquiátrico após o incidente. Condolências, doações e cartões podem ser enviados para o hospital St. Mary's Community, onde um fundo para ajudar a família está sendo criado.

A matéria não diz: "É, isso explicaria porque o pai de Logan estava sempre gastando rios de dinheiro e em seguida agindo tão estranhamente."

Não diz: "É, sabe, o pai de Logan era louco por armas e tinha uma porcaria de arsenal de armas e munições no porão. O suficiente para manter longe um exército de zumbis por duas semanas seguidas, o que talvez não seja tão boa ideia assim quando o cara obviamente tem um parafuso solto."

Não diz: "É, agora faz sentido a mãe de Logan ser alcoólatra, porque alguma hora você precisou se dar conta de que aquele cara não era um cara legal com quem passar o resto da sua vida."

Não diz: "Graças a Deus, havia duas escadas diferentes naquela casa, de modo que a mãe e os dois menininhos conseguiram se esconder enquanto Logan impedia o pai ensandecido e basicamente dava sua vida para protegê-los, como ele provavelmente já fizera um milhão de vezes, de um milhão de maneiras diferentes."

Não diz: "Ah, a propósito, eu estava apaixonada por Logan e agora nunca vou poder dizer isso a ele, e ele morreu sem sequer saber daquilo; por que ele precisava morrer, afinal, só porque o pai dele era um louco por armas paranoico?"

Mas agora sei por que ele morreu, ele morreu para salvar a mãe e os dois irmãos mais novos, e isso também não é justo.

Não diz: "Os irmãos mais novos de Logan pareciam anjinhos em seus pijamas de *Guerra nas Estrelas*, e aquele filho da puta tentou atirar neles até matá-los, e para que existe um Deus ou qualquer coisa no universo depois disso tudo?"

Não diz: "Deus, onde diabos você estava ontem à noite?"

sessenta e três

Acho que minha família está bastante preocupada comigo, porque minhas irmãs estão acampadas no meu quarto, o que é estranho, considerando o quanto elas me odeiam. As duas estão simplesmente deitadas aqui, em seus pufes, juntas no canto do meu quarto enquanto eu durmo e encaro o teto e não falo com ninguém.

É meio como se mesmo que elas briguem comigo e cuspam em mim e me atormentem sempre que podem, elas soubessem que esse tipo de coisa poderia me fazer surtar, finalmente, e que todos os parafusos seriam perdidos, de uma vez por todas, e eu inevitavelmente seria levada numa van branca com homens de jalecos brancos porque todos nós sabíamos que isso ia acontecer algum dia.

O Sr. Baum liga do Bunza Hut, e minha mãe avisa que eu não posso ir trabalhar. Ela pede para que ele me mantenha afastada do emprego por um tempo, que é a maneira da minha mãe de dizer que estou pedindo demissão. Ela nem me pergunta sobre o assunto nem nada. Ela simplesmente sabe. E está certa. Não precisa nem dizer que o Bunza Hut e eu seguimos caminhos diferentes.

Lizzie está simplesmente sentada ali, lendo um livro sobre um tal de Darcy e sobre como todo mundo acha ele um babaca, mas ele acaba revelando ser superfantástico. Neener está pintando as unhas. Robby está no treino de futebol, como sempre. Você poderia acertar um relógio usando a rotina dele como guia. Mas ele entrou aqui noite passada e me deu seu troféu da sorte. Isso significa muito. Aquela coisa normalmente fica trancada dentro de uma vitrine de vidro. De vez em quando Henry coloca a cabeça para dentro do quarto. Ele não diz nada, apenas olha para minhas irmãs, assente e vai embora. Exceto hoje pela manhã, quando ele tinha algo a dizer, e algo totalmente Henry.

— Disseram que eles vão ganhar o seguro de vida. Porque não foi suicídio.

Lizzie e Neener o olham intrigadas.

— Estão ricos agora.

Aceitamos essa notícia em silêncio.

Minha mãe estaria dormindo na cama ao meu lado se pudesse, mas ela vê que minhas irmãs estão preocupadas com meu bem-estar, então está permitindo que este milagre continue em curso.

Jared liga algumas vezes, mas Lizzie simplesmente desliga na cara dele.

Neener fica trazendo revistas toscas para eu me distrair, o que é legal.

Eu realmente nunca teria imaginado que minhas irmãs seriam tão protetoras comigo. Lizzie não cuspiu na minha boca nem uma vez.

O ogro tentou entrar, mas minhas irmãs impediram o plano.

Minhas irmãs não quiseram nem saber. Depois de anos vendo o cara elogiar Robby, fazer aviões de papel com Henry, sorrir para Neener, tolerar Lizzie, mas virar as costas e toda vez, toda santa vez, se queixar ou resmungar ou discordar de tudo que digo, incluindo que o céu é azul ou que a Terra é redonda... minhas irmãs não vão aceitar isso.

O ogro não consegue nem avançar pelo corredor.

Preciso dar o crédito a Lizzie. Intimidar é seu forte.

E Neener simplesmente assente para mim.

— Tudo bem, garota. A gente cuida disso.

E então vêm as aulas. Amanhã será o primeiro dia de volta às aulas, e todo mundo está falando de como haverá uma homenagem no ginásio. Posso até imaginar. Becky mora do outro lado da rua. Ela vai transformar o evento na hora de tragédia de Becky. Provavelmente ela escreveu o discurso de homenagem e estará chorando, falando de como perdeu seu *melhor amigo Logan* e de como está devastada, como não pode continuar sem ele.

Ela provavelmente comprou um guarda-roupa novo só de roupas pretas.

sessenta e quatro

Não sei por que, mas hoje o ogro está me levando de carro até a escola. Não estou feliz com isso. Ele não diz nada durante todo o trajeto, e nem eu. Não vou falar nada se ele também não falar. De jeito nenhum.

Encostamos junto ao meio-fio, e estou prestes a saltar e dar fim a essa jornada excruciante, mas ele me impede.

Ugh.

— Anika. Só queria dizer uma coisa.

— É... Ok...

— Sei que você não gosta de mim. E sei que acha que não gosto de você.

— Na verdade, eu sei que você não gosta de mim, então...

— Talvez eu apenas não saiba o que falar com você!

Isso foi estranho. Isso veio do nada.

— Sou um homem de meia-idade que trabalha o dia inteiro para colocar o pão na mesa para cinco adolescentes.

— Ok.

— E talvez eu não seja sofisticado como seu pai, mas estou aqui. E estou fazendo o trabalho. E amo sua mãe. E amo vocês. E, sim, isso inclui você.

— Er.

— E sinto muito mesmo pelo que aconteceu com seu amigo.

Provavelmente é por estar cansada, mas por algum motivo idiota todo esse discurso no meio-fio está me deixando meio emocionada. Isto é, não sei nem por onde começar.

— E vou pensar em algo para dizer, mas, honestamente, não tenho muito em comum com uma menina de 15 anos. Sabe?

— Bem, talvez pudesse começar só com um "oi" ou coisa assim.

Ele concorda acenando com a cabeça.

— Amo muito vocês e sua mãe. Vocês são tudo que tenho.

Acho que talvez todo esse incidente de massacre familiar tenha tocado o ogro, porque eu poderia jurar que ele está ficando meio emocionado também. Bem aqui no carro.

— Tudo bem. É... Estamos combinados então, eu acho.

Ele me olha agora. Ainda incerto, mas abrindo um breve sorriso.

E com isso saio do carro para entrar na escola. Bem, eu certamente não estava esperando por isso esta manhã. Quero dizer, isso foi a última coisa que eu jamais imaginaria que pudesse acontecer. Sabe o que eu achava, na verdade? Achava que minha mãe tinha contado a ele sobre o dinheiro e que ele me colocaria de castigo até a faculdade.

sessenta e cinco

Todos no ginásio estão usando roupas pretas ou usando pulseiras pretas, e há uma fotografia gigante de Logan no fundo, cercada por lírios brancos. Há uma grande parede com homenagens, e as pessoas colocaram velas acesas e flores e escreveram todo tipo de merda como "Jovem demais" e "Que Deus esteja com você" e "Sentimos saudades". Certamente há uma infinidade de palavras belas para alguém que, apenas alguns dias atrás, era considerado um pária social.

Mas todo mundo quer um pedacinho disso.

Eles querem uma parte do drama. Querem um pedaço disso. Querem de alguma maneira parecer relevantes, estando mais perto disso. Eram a dupla de Logan na aula de química, estavam no grupo de estudos de Logan, eram amigos de Logan.

Neste momento, uma das professoras está na frente de todos, uma mulher fina como um lápis, de saia de lã preta, prestes a apresentar uma "oradora muito especial" e pedindo que essa "oradora muito especial" vá até o palco.

E aquela "oradora muito especial" é Becky.

É claro.

Porque Becky morava do outro lado da rua.

Shelli e eu nos sentamos lado a lado na primeira fila, enquanto Becky anda até o pódio. Toda de preto, ela é o retrato do luto adolescente. Seu vestido é da Gucci. Recém-passado. Ela seca os olhos. Ela olha para a plateia. Ela seca os olhos novamente.

Que espetáculo.

Becky suspira demoradamente e começa...

— Logan McDonough era meu vizinho. Meu colega de turma. Meu amigo. Poucas pessoas sabiam de nossa forte ligação, porque era uma coisa preciosa. Mais preciosa que fofocas bobas. Era tão especial; ele era tão especial. Poucas pessoas tiveram oportunidade, como eu, de conhecer o coração de Logan, suas ideias brilhantes, como ele via o mundo de seu incrível e original jeito. E agora...

Pausa.

Lágrimas.

— E agora aquele coração parou. Foi parado antes da hora.

Mais lágrimas.

Lágrimas suficientes para fazer boiar um barco. Lágrimas suficientes para a professora se oferecer para resgatá-la. Mas não! Becky levanta uma das mãos para impedi-la. Becky é forte. Becky pode fazer isso. Becky é corajosa.

— Mas a verdade é que o coração de Logan continuará vivo. Seu coração irá brilhar. Para sempre. Logan, agora você é eterno... Amo você, Logan. Todos nós amamos. Todos vamos sentir tantas saudades.

Não há um olho seco no recinto.

Todos estão engolindo o discurso. É como se a escola inteira estivesse sofrendo de amnésia.

A professora se levanta novamente. Ela vai apresentar a próxima "oradora muito especial", e aquela próxima "oradora muito especial" sou eu.

Há um silêncio, algumas pessoas pigarreiam, e escutam-se barulhos de gente se remexendo em suas cadeiras enquanto caminho até o pódio. Sim, também estou de preto. Mas estou parecendo mais como se tivesse acabado de sair da máquina de lavar.

Fico parada no pódio e olho meus colegas de classe. Deve haver umas trezentas pessoas. Tudo que a Pound High School tem para oferecer. Até os metaleiros, em algum lugar no fundo, perto das arquibancadas. Tenho um discurso inteiro escrito sobre Logan. Sobre quem ele era e como ele era brilhante e como nunca mais haverá alguém como ele e como ele era um verdadeiro herói. Estão todos olhando para mim, e a professora assente, afirmativamente. Está tentando indicar que posso fazer isso. Que posso fazer. E para me apressar e fazer logo.

Silêncio.

E agora olho para aqueles trezentos rostos.

— É... Então. Eu estava apaixonada por Logan McDonough. Ele era meu namorado.

Há uma agitação, e alguns se entreolham.

— Ele acionou o alarme de incêndio duas vezes no meio da minha aula de artes para deixar uma pintura para mim.

Lá do fundo, juro que consigo escutar um dos metaleiros gritar "Eu sabia!".

Sorrio para mim mesma, tudo aquilo parece tão distante agora...

— No segundo alarme falso, ele deixou a sala cheia de borboletas.

Encontro o olhar do professor de artes maconheiro, e ele assente, e sei que está tudo bem. Ele sabe a verdade, eu sei a verdade, e ele não liga. Ele parece meio emocionado.

— Logan era um desajustado e um esquisitão e era como se fosse feito de criptonita. Nenhum de nós queria tocá-lo. Mas ele escreveu o haicai mais legal do mundo para mim. Foi a última coisa que ele me deu.

Estão todos inclinados para a frente, incluindo Becky, Shelli e até mesmo os atletas. Tiro o papel do bolso e tento segurá-lo sem tremer, mas sei o que ele diz.

— *Interminável.*

"*Quase demais para mim*

"*Você é meu céu.*

O auditório continua em silêncio.

— Era meio que segredo. Na verdade. Eu mantive isso em segredo. Porque eu me importava. Eu me importava mais com o que todo mundo pensava do que com o que eu pensava. Ou com o que meu coração pensava. E isso faz de mim uma idiota.

E agora encaro Becky me olhando, como se estivesse no *set* de um dramalhão mexicano que ela criou na cabeça. Uma cena na qual ela obviamente é a estrela, e nós, meros figurantes insignificantes. Ela de fato parece irritada por eu estar roubando a atenção que seria sua.

Eu poderia chorar para sempre agora, mas uma outra coisa toma conta de mim, uma onda de alguma coisa áspera. Alguma coisa cansada de ser suave.

Fico olhando Becky por um longo tempo.

— Mas agora que estou sendo sincera, Logan McDonough achava Becky Vilhauer uma piranha. E eu também.

Choque.

Assombro.

— Logan teria caído no chão de rir ao escutar esse discurso ridículo de Becky, que foi a maior mentira que já ouvi na vida.

A professora está me olhando com uma expressão de que é hora de me afastar do microfone, mas isso não vai acontecer.

— Becky simplesmente inventa as coisas. Como Stacy Nolan estar grávida. Foi ela. Ela simplesmente inventou aquilo. Por diversão. Para sua própria diversão. Só para rir!

Posso ver Stacy ficando vermelha na plateia, e está todo mundo se remexendo e olhando para as cadeiras de trás e dos lados sem saber muito bem o que fazer porque é como se o Papai Noel, o coelhinho da Páscoa e Jesus Cristo pudessem subitamente surgir de trás de mim.

— Ela tortura o pobre Joel Soren constantemente. Só porque um dia ele não lhe deu um pedaço de chiclete. Chiclete! E agora ele apanha todo dia. É torturado. Tudo por causa de um pedaço de chiclete idiota.

Vejo Jared no fundo da sala. Ele assente para mim e meio que sorri. O que ele está fazendo aqui?

— Ah, e não vamos esquecer que ela tentou transar com o irmão mais velho do próprio namorado. É, Brad. Becky se atirou em cima do seu irmão Jared na sua festa de aniversário. Como eu sei disso? Porque era para eu ficar de guarda caso o "cachorrinho" dela aparecesse. Foi assim que ela se referiu a você.

Queria que vocês pudessem ver a cara de Shelli.

E Becky... Becky está prestes a invadir o palco.

— E, finalmente, já que entramos no tópico Jared Kline. Sim, eu larguei Logan por Jared Kline porque, bem, por causa de um monte de motivos, mas um deles era que Logan não era *cool*. Porque eu *ligava* para o que todo mundo pensava. Logan era uma aberração. Isso é algo com o qual terei que conviver pelo resto da minha vida e, sim, é uma droga e eu faria qualquer coisa, qualquer coisa nesse mundo, para tê-lo de volta. Mas só para ficar claro. Só para realmente colocar todas as cartas na mesa... Becky me avisou que, se eu não largasse aquele "perdedor", referindo-se a Logan, eu estaria arruinada. Então... esse era o "relacionamento especial" de Becky com Logan. Ela é uma mentirosa, e Logan era bom demais para ela e, francamente, ele era bom demais para mim, ou para qualquer um de nós.

Becky está me olhando como se meu pescoço já estivesse aberto.

— Mas essa é a questão. Por que estamos todos simplesmente agindo como idiotas e nos preocupando com o que a idiota da Becky diz e o que fulano diz? Nada disso importa. Certo? Isto é, essa merda toda realmente importa?! Tipo, quando você tiver 80 anos de idade e estiver no seu leito de morte, você realmente acha que vai se sentir bem por ter zombado de alguém? De seja lá qual coisa, roupa ou pessoa que não era legal segundo Becky Vilhauer? E se você for como Logan? E se tudo for tirado de você, como aconteceu numa noite, do nada? Acham mesmo que essa merda vai importar? Acham? Tipo, que merda há de errado com a gente?!

De repente me dou conta de que é como se eu estivesse falando com uma porta.

— Obrigada e boa noite!

Silêncio.

Grilos.

Olho para o mar de rostos catatônicos e percebo que acabou para mim. Acabou para mim, e é isso. Terei que ir morar com o vampiro e frequentar uma escola particular na costa leste afinal.

Porém.

Do fundo do ginásio, eu escuto. Uma palma. Uma palminha. E é de Jared Kline. E então Brad se levanta. Uma palma. E então outra. Stacy Nolan se levanta. Uma palma. E então outra. E em seguida Chip Rider. E então outra. E depois Jenny Schnittgrund. E Joel Soren. E Charlie Russell. E em seguida os metaleiros lá no fundo. E, subitamente, o auditório inteiro está batendo palmas e...

E Becky está olhando para Shelli, que não está em pé. Shelli está sentada ao lado de Becky como se fosse um saco de ervilhas congeladas. Ela olha para Becky. Ela olha para o auditório inteiro, cheio de atletas e nerds e metaleiros e líderes de torcida e então de volta para mim. E Becky está agarrada nela, agarrada em seu braço como se ele fosse o último bote do *Titanic*.

E Shelli se levanta.

Shelli se levanta e começa a aplaudir.

E Becky derrete até o chão. Ela derrete de lado, como a Bruxa Malvada do Oeste, e corre até a porta do auditório, como um espectro flagrado em plena luz do dia, o que faz todos aplaudirem ainda mais, e, pela primeira vez na vida, a Pound High School está livre do grande reinado de Becky, a Terrível, e de repente estamos todos unidos, emancipados e livres.

E agora posso sair por aquela porta, sair com a cabeça erguida sem precisar mudar de cidade nem pular de uma ponte nem nada disso. Posso abrir caminho em meio àquela multidão, passando por Jared Kline, que faz a melhor coisa do mundo, porque acho que Jared Kline sempre faz a melhor coisa do mundo, que é... sorrir e puxar para baixo a ponta da aba de seu boné, me cumprimentando como se eu fosse o maior espetáculo da Terra.

E eu sei, bem aqui e agora, que agora sou eu quem decide, que sempre fui eu, e quem sabe talvez um dia...

Mas não agora, porque agora estou saindo pela porta da frente e pisando no gramado verde esparramado à minha frente como um tapete mágico.

E atravessando aquele campo, escutando todos ficando para trás, cada vez mais e mais silenciosos e mais e mais distantes, faço uma promessa olhando para o céu, olhando para Logan e além.

Não vou esquecer. Não vou esquecer de você. Não vou deixar que eles esqueçam de você. Não sei como, não sei quando nem como poderia ser possível... mas um dia vou contar a todos sobre você, e sobre você e eu, e o que aconteceu e de alguma maneira vou poder contar ao mundo todo sobre você e como você escreveu o haicai mais lindo do mundo, e vou compensar você, de alguma maneira, de alguma forma vou compensar você, eu prometo. E penso neles também, nas meias do R2-D2 e no pijama do Homem-Aranha, em como Logan teve que dizer para Billy que seu anquilossauro precisava ficar no pé da cama para protegê-lo.

E eu quero abraçar Logan pelo que ele fez. Quero voltar no tempo e abraçá-lo forte, muito forte, e nunca mais soltar. Mas aquilo seria como tirar a luz do pôr do sol e implorar para que ela não desse lugar ao anoitecer.

E, se eu pudesse, repetiria cada segundo de cada momento se soubesse como.

Você só tem uma chance.

Você só pode fazer isso uma vez, e você nem sabe quando tudo para de correr e girar em círculos até simplesmente parar bruscamente e nada mais. Dá para acreditar? Esse tempo todo em que passei pesando isso e pesando aquilo, me preocupando com isso e me preocupando com aquilo, vivendo no passado e vivendo no futuro, ligando para o que fulano pensa sobre beltrano, também, mas nunca vivendo aqui, neste exato momento *agora*. Nunca nem reconhecendo que este momento existe, e de repente me dou conta dele, como um choque atravessando meu coração.

Este momento agora.

É tudo que há.

Antes que se torne céu.

Agradecimentos

Para Dylan McCullough, seus irmãos e sua mãe.

Há tantas pessoas ilustres e gentis a quem gostaria de agradecer por me ajudar nesta jornada. Em primeiro lugar, a minha mãe, Nancy Portes Kuhnel, e a meu melhor amigo, Brad Kluck. Também a minha astuta agente, Josie Freedman, da ICM. É claro, a minha agente literária, Katie Shea Boutillier, da Donald Maas Literary Agency. E a minha incrível editora, Kristen Pettit, da HarperCollins, assim como toda a equipe da Harper, especialmente Jennifer Steinbach Klonsky e Elizabeth Lynch. Tive sorte de ter tantos editores incríveis no caminho: Dan Smetanka, por *Bury This*. Fred Ramey, por *Hick*. Minha família: meu irmão, Charles De Portes, e minha irmã, Lisa Portes. Meu pai, Dr. Alejandro Portes. Meus incríveis irmãos postiços: Maria Patricia Fernandez-Kelly, Doug Kuhnel, Nancy

Kuhnel, e Bobby Kuhnel. Também a todos que fizeram de *Hick* uma experiência tão incrível: Derick Martini, Chloë Grace Moretz, Eddie Redmayne, Teri e Trevor Moretz, Christian Taylor. Matthew Specktor, Joel Silverman, Dawn Cody, Noelle Hale, Stuart Gibson, Trevor Kaufman, John Limpert, Mira Crisp, Io Perry. É claro, a meu brilhante e gentil noivo, Sandy Tolan. E por último, mas não menos importante, o sol do meu céu, o gingado nas minhas pegadas, o mais adorável principezinho, meu filho, Wyatt Storm.